KB253908

별이 쏘는 화살

떠올리면 따뜻해지는 사람, 김영도 목사의 삶과 글

# 별이 쏘는 화살

김 영 도
에 세 이

카리스

　김영도 목사님은 순수하고 따뜻하며, 하나님을 사랑하고 이웃을 사랑하는 '모범 촌사람'이다. 그를 생각하면 한웅재의 「소원(삶의 작은 일에도)」 노래의 향기가 난다.

　　삶의 작은 일에도 그 맘을 알기 원하네

　　그 길 그 좁은 길로 가기 원해

　　…

　　저 높이 솟은 산이 되기보다 여기 오름직한 동산이 되길

　　…

　　삶의 한 절이라도 그분을 닮기 원하네

　　사랑 그 높은 길로 가기 원하네

이 책에는 김 목사님의 ‘수박, 목화, 꽃, 낙엽, 철새, 별, 바다, 강’과 같은 자연에 대한 섬세한 눈길이 담겨 있다.

그의 글에는 ‘용기, 어른의 순진성, 가족사진, 장날’과 같은 사람 사는 이야기가 맑고 시원한 샘물처럼 퐁퐁 솟아난다.

그의 시(詩) 또는 수필 형식의 글을 읽노라면 때로는 살맛을, 때로는 부끄럼을, 때로는 나 자신과 세상에 대한 희망을 품게 된다.

무엇보다 김 목사님의 글은 우리를 예수님의 낮아지심과 십자가의 사랑, 그리고 부활의 새로운 희망으로 이끈다.

하루하루의 삶이 삭막하다고 느끼는 분, 사소한 현재의 일에서 기쁨을 누리길 원하는 이웃, 내일을 기대하며 살고 싶은 여러분들에게 일독을 권한다.

현유광 | 전 고려신학대학원 교수, 전 서울성경신학대학원대학교 총장

　김영도 목사님은 신학교 졸업 동기이긴 하지만 나보다 연세가 높을 뿐 아니라 성품도 어질고 너그러워 늘 큰 형님처럼 환한 웃음으로 맞이해 주던 따뜻한 분이시다. 이 책을 읽으면서도 떠나온 정든 고향의 산과 강 그리고 어머니를 그리워하는 따뜻한 마음과 어진 사랑을 느낄 수 있었다.

　그는 어린 시절 고향 산촌에서 부모님과 함께 논밭을 일구고 농사일을 도우면서 성장했다. 마음속 아련한 고향의 깊은 산과 흐르는 강에서부터 시작해 일상 속 나무와 꽃, 별과 반달, 갈대와 철새에 이르기까지 모든 것에서 아름다움을 보고 의미를 찾으며 인생을 배운다. 무엇을 보든지 믿음으로 보고 사랑으로 글을 쓰며 소망으로 미래를 내다본다. 그래서 그는 "고향의 강, 마음의 강"이라는 글에서 우리를 고향의 흐르는 강에서 '더 큰 고향으로 흐르는 강'으로, 땅의 꽃밭에서 '하늘의 꽃밭'으로 초대하며 같이 가자고 신명 나게 손짓한다. "은퇴와 코스모스 심기"에서는 흰머리 흩날리며 고향길과 산골에 가득 넘치도록 코스모스를 심어 꽃피우고 그 속에서 꿈꾸듯 하늘의 꽃밭에 들어서고 싶다고 한다. 지금은 은퇴하신 후 오랜 환후로 누워 계시지만, 자녀들과 함께 이 소박한 꿈을 이룰 수 있다면 참 좋겠다.

그는 생활 속에서 만나는 작은 과일 하나에서도 의미를 찾고 교훈을 얻으며, 말씀에 비추어 자신을 본다. "석류를 생각한다"는 글에서 솔로몬이 석류 열매의 모양을 왕관의 모델로 삼고 성전의 기둥에 그 열매 모양을 수백 개나 만들어 매달았던 그 깊은 뜻을 헤아려 본다. 석류의 핏빛 같은 꽃 색깔, 왕관처럼 생긴 열매의 모양, 무르익어 깨진 껍질 속에 가득한 붉은 알의 맛과 향기가 무엇을 상징하는지 깊이 묵상한다. 그리고 그 상징성을 예수 그리스도의 보혈로 구원받고 성령의 열매로 가득 찬 성숙한 성도의 모습과 향기에까지 끌어올리며 자신을 돌아본다. 또한 "수박 이야기"에서는 수박의 초록 무늬와 붉은

속살 그리고 기갈을 해소하는 맛에서 골고다 십자가에서
자신을 "참된 양식"과 "참된 음료"<sub>(요한복음 6:55)</sub>로 내어주
신 예수님의 희생을 연상하며 노래한다. 이러한 글 속에
담겨 있는 그의 신앙적 사유의 깊이와 부요에 감동하지
않을 수 없다.

책의 제목을 가져온 "별이 쏘는 화살"이라는 글에서는
저자의 꿈과 이상, 고뇌와 염원을 읽을 수 있다. 윤동주
의 시 「별 헤는 밤」에서 시작해 자기의 별<sub>(꿈과 이상)</sub>을 죽
이고 배신하며 타인으로 살아 온 초라하고 무기력한 자
신에 대한 깊은 성찰 가운데 겨울나무처럼 벌거벗은 '나'
를 발견한다. 어머니, 고향 등 수많은 별이 쏘는 화살을
맞으며 마침내 자기 이름을 흙으로 덮어 버릴 수밖에 없
는 부끄러움과 고뇌 속에 빠진다. 그리고 자신을 준엄하
게 질책하는 절망적인 어두움에 사로잡힌다. 그러나 새
벽별이신 예수 그리스도의 '별이 되게 하는 화살'을 맞아
자신도 '영원한 별'이 되게 하실 것을 믿는다. 철저한 회
개를 통해 그리스도 안에서 꿈과 이상을 되찾고 회복하
여 마침내 실현할 것이라는 소망을 가진다. 또한 책의 제
목처럼 여러 글을 통해 자신뿐만 아니라 많은 사람이 '별

이 쏘는 화살'을 맞고 새롭게 소생하기를 소원하고 있다.

그는 자신의 글에서 밝힌 바대로 철새보다는 텃새, 껍보다는 찐쌀, 주연보다는 조연, 장미보다는 찔레를 더 좋아하는 사람으로서 친구들로부터 '모범 촌사람' 또는 '이웃 아저씨'라는 별명으로 불린다고 말한다. 우리는 이 책에서 바로 그러한 필자의 인품이 반영된 겸손하고 온유하며 평화로운 생각과 삶의 소박한 지혜를 배우게 될 것이다. 예를 들면, "갈대와 메뚜기"라는 글에서 "여자가 갈대라면 남자는 그 갈대에 붙은 메뚜기"라는 말을 인용하면서 아담 때부터 시작된 남자에 대한 여자의 피할 수 없는 영향력을 인정한다. 그러나 분별력 있는 남자라면 여자가 잘못된 방향으로 흔들릴 때 날개를 가진 메뚜기로서 예수님께 날아가 붙으라고 충고한다. 이처럼 이웃 아저씨처럼 일상의 문제를 바라보는 재미있는 지혜의 말도 들을 수 있을 것이다.

책의 서문에서 밝힌 바대로 그는 이 시대의 혼탁한 산불을 잡기 위해 "양동이로 물을 나르는 정도"의 역할일지라도 그것을 자신의 사명으로 알고 감당하기 위해 출판의 용기를 냈다고 했다. 그래서 그의 글은 개인적 신앙

고백과 단상에 머물지 않고 오늘 우리의 혼란과 아픔을 치유하려는 시대적 열망과 선언(manifesto)을 담고 있다. "자유의 음지"라는 글에서 부패한 자유를 욕망하는 것은 "자유를 죽이는 자유" "자유의 지독한 음지", 곧 "자유의 무덤"이라고 말한다. 그렇게 함으로써 자신의 거짓된 자유를 얻기 위해 남의 자유를 억압하는 독재가 출현한다고 경고한다. 그러나 진리 안에서 참된 자유를 추구하고 서로 사랑으로 섬길 때 진정한 자유를 누릴 수 있다고 주장한다. 낡고 쓸모없어 보이는 각목과 공 이야기를 통해서는 낡은 축구공처럼 자신의 역할을 수행하기 위해 모든 희생과 헌신을 다한 이력서를 높이 평가하지 못하는 언론의 보도, 국민의 투표, 법관의 재판을 비판하고 있다. 이러한 통찰은 오늘 우리의 시대를 바르게 직시하면서도 반성하게 한다. 그 외에도 철새 문화, 방랑자 문화를 비롯해 도덕성을 상실한 사회 등에 대한 유감의 탄식과 건설적인 평론을 읽을 수 있다.

목사님의 글을 읽으면서 내가 느낀 감동과 몇 가지 소감만 기록하지만, 이 책을 읽는 독자들은 더 큰 감동과 신앙적인 교훈을 마음에 새길 수 있으리라 믿는다. 책을 출판하는 저자의 소망대로 이 책은 일상의 소중한 진리에 목말라 하는 우리에게 '작은 옹달샘'이며, 혼탁한 시대의 산불을 잡을 수 있는 '양동이 물'과도 같다. 고향을 흐르는 강물에 귀를 기울이고 밤하늘의 별들을 헤아리면서 마치 친구와 대화하듯 늘 곁에 두고 한 편씩 아껴 읽으며 믿음으로 함께 노래할 수 있는 글들이다.

이환봉 | 목사, 고신대학교 명예교수

주례제일교회는 교역자로 사역을 시작한 첫 교회이고, 목회자의 길을 배운 곳이다. 초보 전도사에게 베풀어 주신 목사님의 사랑을 잊을 수 없다. 주일이면 오전 예배 후 사택에서 식사를 하면서 나누었던 목사님과의 대화 시간을 기억한다. 즉 '밥상머리 실천목회학'의 따뜻한 가르침이 한평생 목회의 길에서 큰 교훈이 되었다.

교회 내 염려되는 일들을 말씀드리면 목사님은 미소를 지으시면서 "기도해 봅시다. 조금만 지나면 진실이 드러날 것입니다"라고 하셨다. 그때는 다 이해하지 못했지만, 한평생 간직하며 교회를 섬겼던 말씀이기도 하다.

1992년 목사님이 보내 주신 첫 수필집 『별이 쏘는 화살』은 지금도 내 서재에 꽂혀 있다. 그중 "거울과 창문"이라는 글은 지금도 생생히 기억하고 있으며, 그동안 내 사역의 가르침이 되었다.

몇 년 전 고려학원 이사장이 되어 인사차 방문했을 때 "이 귀한 사람이 웬일로 오셨냐" 하며 반겨 주시던 모습에 어찌할 바를 몰랐다. 부족한 제자를 귀하다며 격려해 주신 말씀은 지금도 황송하다.

자녀들이 그동안 아버지가 쓴 글을 모으고 정리하여 책을 출판한다니 아버지를 향한 그 효심에 마음이 따뜻해진다. 서로, 길로, 신아 모두 감사하고 축복한다.


목사님! 더욱 건강하시고
늘 주님과 함께 행복하시길 바랍니다.


유연수 | 수영교회 원로목사, 전 부산성시화운동본부 본부장,

전 고려학원 이사장

　존경하는 김영도 목사님의 수필집을 다시 읽다 보니 마치 저 자신이 40년 전으로 돌아간 듯합니다. 김 목사님을 처음 뵌 건 1986년입니다. 당시 저는 방위병으로 복무하기 위해 신학교 휴학 중이었습니다. 매주 사모님은 청년들을 위해 저녁 식사를 마련해 주셨는데, 1986년 10월 5일 주일 서울아시안게임 한국 대 사우디의 축구 결승전을 보려고 몇 사람과 함께 목사님 댁에 조금 일찍 쳐들어갔습니다. 축구를 다 보고 즐겁게 식사가 끝나갈 무렵 "김 전도사님, 다음 달부터 우리 교회 중고등부 좀 맡아 주소"라고 하셨습니다. 그날 이후 2003년 11월 담임목사 청빙을 받아 나가기까지 17년 동안 존경하는 목사님 아래에서 말씀과 목회를 배웠습니다.

　제게 있어 김영도 목사님은 언제나 '처음으로(ad

*fontes*)'으로 돌아가게 하는 분이십니다. 그 처음은 언제나 예수님이었습니다. 저뿐만 아니라 그 당시 주일마다 저녁 식사를 함께했던 모든 청년들도 마찬가지였습니다. 언제나 청년들을 예수님께로 이끌어 주신 분이 목사님이었습니다. 목사님의 제자 가운데 김민석 목사님(울산중부교회 시무)이 베드로 역할을 했는데, 지금도 매년 5월이면 김민석 목사님을 중심으로 당시 청년 제자들이 사은회(謝恩會)로 모입니다. 목사님의 은혜에 감사하여 모이기도 하지만, 사실 '처음 사랑으로' 돌아가기에는 세월이 한참 지났음에도 여전히 변함없이 모입니다. 김영도 목사님은 지금도 우리를 처음으로, 첫사랑으로 돌이킬 능력이 있는 분이십니다.

무엇보다 김영도 목사님은 무엇을 보든 그 안에서 예수님을 발견하는 능력이 있습니다. 여름날에는 수박을 보면서, 가을에는 단풍잎을 보면서, 겨울에는 동백나무를 보면서, 그리고 봄에는 찔레꽃을 보면서 예수님으로 가득해지고, 나아가 우리에게도 그분을 보여주십니다. 우리로 하여금 그분을 만나게 하고, 결국 우리도 그분을 닮아가게 하십니다. 목사님의 생애와 목회가 그러하셨던 것처럼 다시 출판되는 글들도 우리로 하여금 처음으로 돌아가게 하고, 예수님을 향한 처음 사랑을 회복하게 만듭니다. 끝으로 평생 목회자의 아내로, 그리고 20여 년간 병석에 계신 목사님을 한결같은 처음 사랑으로 돌보고 계신 심작은 사모님께도 감사와 존경의 마음을 올려 드립니다. 우리 모두 주님 오시는 그날까지 처음 믿음, 처음 사랑, 처음 소망으로 살아가기를 바랍니다.

김인호 | 해오름교회 담임목사

감사의 글

　　김영도 목사님을 떠올리면 마음이 따뜻해집니다. 성
도를 향한 목사님의 마음은 늘 따뜻했고, 그 깊이는 세월
이 흘러도 잊히지 않습니다. 새벽마다 성도 한 사람 한
사람 이름이 적힌 헌금 봉투를 손에 쥐고, 그 봉투가 닳
아 너덜너덜해질 때까지 기도하시던 모습은 제 마음에
깊이 새겨져 있습니다. 그 모습은 단순한 기도가 아니라
성도를 향한 사랑과 헌신 그 자체였습니다. 신앙의 본질
이 무엇인지, 섬김이 어떤 것인지 몸으로 가르쳐 주신 목
사님, 감사하고 사랑합니다.

김근해 | 양산중앙교회 집사

고등학교 2학년 어느 날 등굣길에 기도하러 교회에
갔다가 막 출타하시는 목사님의 모습을 뵈었다. 목사고
시나 강도사고시를 보러 가시는 중이었던 것 같다. 그때
목사님 모습은 허름한 검정색 양복에 하얀 고무신을 신
고 있었다. 손에는 도시락 보자기를 든 채 나를 보며 웃
으셨다. 언제나처럼 검소하고 청렴하셨던 목사님, 그날
출타하시던 모습은 45년이 지난 지금에도 기억이 생생
하다.

이장환 | 김해활천교회 장로

김영도 목사님.
생각만 하면 눈물이 나고 가슴이 먹먹해지는 분.
한 영혼을 사랑하는 법을 가르쳐 주고
삶으로 목회를 보여 주신 분.
다시 고개를 숙입니다.

김영용 | 울산 세계로교회 담임목사

주례제일교회 그리고 김영도 목사님. 그 이름을 떠올리면 신앙의 새싹이 돋아나던 청년 시절이 생각나서 지금도 제 가슴은 벅차게 뜁니다.

꿈 많던 '쓰임새' 청년회 시절, 성전을 건축하기 전 본당 옆 작은 공간은 그 어느 곳보다 사랑과 은혜가 넘치던 곳이었습니다. 가슴에 리본을 달고 청년회 주관으로 총동원주일을 준비하고, 서툴지만 열정 가득했던 작품 전시회에 대한 기억 또한 선명합니다. 새벽을 깨우기 위해 본당 장의자에서 쪽잠을 자던 때 차가운 공기에 코끝이 시렸지만, 마음만은 따뜻했습니다.

'은혜와 진리'라는 교회 표어를 가슴에 새기며 노점상이 늘어선 골목 시장을 지나 예배당으로 향하던 그 길은 제 신앙의 통로였습니다. 성전 건축 중 천막 예배당에서 비를 맞으며 예배를 드릴 때도 참 행복했습니다. 마침내 완공 예배를 드리던 날의 그 벅찬 감격은 제 평생의 자부심이 되었습니다.

청년회 회장과 회계로 만나 사랑의 결실을 맺은 제 아내, 40년 세월을 함께한 죽마고우들, 그리고 십수 년간 이어온 사은회의 소중한 인연까지…. 제 인생의 가장 아름다운 열매는 모두 주례제일교회라는 비옥한 땅에서 맺어졌습니다.

돌이켜 보니 주례제일교회에서의 모든 기억이 제 삶의 든든한 뿌리이자 지침서였습니다. 그 모든 기억은 어느덧 인생이라는 나무의 열매가 되어 가정과 교회 그리고 일터에서 그 행복을 흘려보내며 살고 있습니다.

교회를 당신의 몸처럼 사랑하셨던 목사님. 교회를 너무나 사랑하셔서 몸에 새겨진 그리스도의 흔적을 삶의 마지막 순간까지 십자가로 지고 가시던 그 뒷모습을 기억하며 목사님을 깊이 존경합니다. 저의 참 스승이셨던 김영도 목사님, 감사합니다. 그리고 사랑합니다.

이진섭 | 울산갈릴리교회 장로


결혼이 가지는 의미와 기대는 참으로 크다. 그중 결혼식은 각별한 의미를 지닌다. 평생에 기억되는 추억으로 만들고 싶어 한다. 내게도 그런 꿈을 꾸었던 결혼식 당일의 일이다. 이른 아침 시간에 김영도 목사님으로부터 전화를 받았다.

"김 선생, 예배당에 장식된 결혼식 꽃장식을 다 제거했으니 그리 아세요."

신랑과 신부가 행진하는 양쪽 의자에 예쁘게 장식된 꽃을 토요일 새벽에 보시곤 어떤 이유인지는 알 수 없지만, 모두 떼어낸 것이다. 너무 당황스럽고 마음이 불편했다. 여러 생각이 교차했다. 오늘이 내 결혼식인데….

목사님은 지나치다 싶으면 그것이 무엇이든 생각대로 행동하시는 분이었다. 중심을 알고 나니 남달리 여겨졌고, 목사님의 깊은 생각에 절로 고개가 끄덕여졌다.

내게 있어 김영도 목사님은 늘 목회의 길잡이셨다.

김민석 | 울산중부교회 담임목사

'아버지'라는 단어를 떠올리면, 따뜻함보다는 먼저 긴장감이 떠오릅니다. 누군가에게 아버지는 따뜻한 안식처이거나 보호자일지 모르지만, 제게 아버지는 조금은 무서운 존재였습니다. 더 정확히 말하면, 아버지는 '아버지'이기 이전에 늘 '목사님'이었고, 저는 그냥 '아들'이 아닌 '목사 아들'이었습니다.

항상 교회 교인들의 시선이 있었기에, 교회 활동은 선택이 아니라 당연한 몫이었고, 봉사는 기쁨이기보다 의무였습니다. 저는 종종 제 자리가 아닌 곳에 서 있는 기분으로 교회 안을 오갔습니다. 그래서인지 아버지에 대한 따뜻한 기억을 떠올리라 하면, 솔직히 많지 않습니다.

그러던 어느 주일, 2003년이었습니다. 아버지는 설교 중 갑작스러운 뇌출혈로 쓰러지셨습니다. 그날 이후 아버지의 삶은, 그리고 우리 가족의 시간은 완전히 다른 방향으로 흘러갔습니다. 긴 재활의 시간을 거쳤지만, 회복은 끝내 오지 않았습니다.

아버지는 제 말을 듣고는 눈빛으로, 웃음으로, 고개로 반응합니다. 그러나 말을 하지 못합니다. 생각은 있지만 표현할 수 없고, 하고 싶은 말은 있지만 입 밖으로 나오지 않습니다. 걸음걸이마저 점점 어려워져, 결국 어머니 혼자서는 감당할 수 없는 시간이 되었습니다. 그렇게 아버지는 요양병원으로 옮겨졌습니다. 우리는 '대화'라는 이름의 소통을 잃어버렸습니다. 어떤 관계는 노력으로 회복되지만, 어떤 관계는 물리적으로 더 이상 되돌릴 수 없는 지점에 이르기도 한다는 것을, 저는 그때 처음 알았습니다.

그래서일지도 모르겠습니다. 저는 아버지를 '아빠'라

고 부릅니다. 대답이 돌아오지 않는다는 것을 알면서도, 굳이 그렇게 부릅니다. 다시 어린 아이로 돌아가, 그 때의 아버지를 다시 만나고 싶기 때문입니다.

"별이 쏘는 화살"은 우리 가족에게 매우 특별한 제목입니다. 아버지의 첫 수필집의 제목이었고, 많은 글들 가운데서도 유독 깊은 울림이 있었습니다. 그래서 우리는 이 제목을 오래도록 품어왔습니다. 네이버 밴드의 이름이 되었고, 가족 카카오톡 단체방의 이름이 되었습니다. 말이 많지 않은 가족이었지만, 이 제목 하나로 우리는 아버지의 세계를 공유하고 있었습니다.

아버지는 50대에 이 글을 쓰셨습니다. 그리고 지금 저는, 아버지가 그 글을 쓰시던 나이인 50대가 되어 이 글을 다시 읽습니다. 예전에는 보이지 않던 문장들이 이제는 눈에 들어옵니다. 그때는 알지 못했던 감정들이 이제는 이해됩니다.

이 책을 다시 출판하게 된 이유는 분명합니다. 다시 만나고 싶은 아버지가 있기 때문입니다. 말로는 더 이상 만날 수 없게 된 아버지를, 저는 이 글들 속에서 다시 만납니다. 무섭기만 했던 아버지가 아니라, 고민하고 흔들리며 자신의 언어를 찾아가던 한 사람으로서의 아버지를 말입니다.

이 책은 시간이 지나서야 가능해진 한 아들의 독해이며, 뒤늦은 대화의 시도입니다.

2026년 2월 10일

첫째 아들 김서로

# ❖ 차례

믿음으로 열리는 눈
그걸 원했습니다.
사랑하면서
배우는 사랑
깨닫는 진리
그걸 원했습니다.

사물을 보다가
일을 생각하다가
촛불이 켜지면
혹시 풀리는 경우가 생길지라도
용기를 냈습니다.

만드신 만물에

분명히 나타내시는

나의 믿음

나의 사랑

그분을 대면할 때면

나의 미숙한 필력을

부끄러워하면서도

썼습니다.


글이 쓰고 싶었습니다. 좋은 글을 말입니다. 누구나 쉽고 재미있게 읽을 수 있고, 짧으면서도 내용이 있고 감동을 주는 글을 쓰기 원했습니다. 그리하여 잘 익은 석류와 같은 책을 내고 싶었습니다.

보고 생각하고, 관계하고 행동하고 체험한 것을 믿음과 사랑으로 쓰려고 노력했습니다. 믿음으로 열리는 눈, 그걸 원했습니다. 사랑하면서 배우는 사랑, 깨닫는 진리, 그걸 원했습니다. 그리하여 창조자의 가치관이 우리네 정서에 녹아든 글을 원했습니다. 그리고 더욱 욕심이 생겼습니다. 누군가가 알아주기를 말입니다. 알아주는 고

마운 분들에 의해 저의 글이 작은 옹달샘 같은 역할이 되기를 바랐습니다.

산불이 났는데, 내가 할 수 있는 일이 무엇이겠습니까? 양동이로 물을 나르는 정도일 것입니다. 그것이 산불을 잡는 데 어느 정도의 역할이 되겠습니까? 우리 시대의 혼탁에 내가 할 수 있는 일이 그럴 것입니다. 그래서 그동안 모은 글들을 엮어 책으로 냅니다. 그 작은 역할이라도 사명으로 알고 또 한 번 용기를 낸 것입니다. 부끄러워할 줄도 알게 해 달라고 기도합니다.


1992년 봄 그리고 1999년 세밑에

**김 영 도**

# 제 1 장

산은 요동하지 않는다.
믿음도 그러하다

# 수박

까문 씨알이
흙을 죽도록 사랑해서
둥근 우주를 맺었다


"세상 죄를 지고 가는
하나님의 어린 양"


둥근 겉면은 초록의 바다
이랑이랑 밀려오는 파도의 모습
때리며 부서지고

부서지며 때리고

그래도 생명, 그래도 젊음

그래도 하나


그리고 바다를 열면

하얀 속옷

흙의 온갖 색깔을 씻은

나의 세마포(細麻布)


그 순결함 속으로

무르익은 그의 여름


사랑으로 불타는 생

희생의 마지막 빛깔

기도의 빛, 땀의 빛

베들레헴에서 겟세마네와

골고다로 일어선 십자가의 빛

열망의 색, 시원한 맛

그 가득함 속에 씨알이 있다

나와 너의 여름

한더위

기갈의 한복판에 차려진

수박의 붉은 살점에서

생수가 솟는다

# 파도

수평선이 보이는 언덕에서 욕심 없이 살고 싶을 때가 있습니다. 거센 파도 앞에 마주 서고 싶은 충동이 불현듯이 일 때가 있습니다. 출발 전부터 파도 소리를 들으며 바다로 갈 때가 있습니다. 마음에 일어나는 격랑 때문일 것입니다.

파도는 멀리서 달려옵니다. 바다의 넓이와 푸름을 찢으며 데모대처럼 몰려옵니다. 소리소리 지르며 옵니다. 술렁이는 가슴이 되다가, 허연 이빨이 되다가, 맹수가 되어 머리에 흰 수건을 동이고 밀어붙이고 때리며 옵니다.

파도는 바다의 몸짓입니다. 언어입니다. 발을 덮치고
는 발밑으로 부서져 그 연륜만큼이나 깊은 푸름 속으로
사라지고, 또 사라지고 하던 파도는 어느덧 마음에서 부
서집니다. 바다가 부서지다가 내가 부서지다가 드디어
바다의 소리는 몽둥이가 됩니다.

네가 무어냐고 합니다. 흙이 아니냐고 합니다. 부서지
라고 합니다. 네 모습이 무어냐고 합니다. 그 모습이 무
어냐고 합니다. 땟물이 아니냐, 피멍이 아니냐, 맞은 자
국이 아니냐, 무덤이 아니냐고 합니다.

무엇을 생각하느냐, 무엇을 지고 있느냐고 합니다. 바
다는 기폭(旗幅)처럼 펄럭이며 무엇을 보느냐고 합니다.
내게 매달려 보채다가 찢기며 발을 씻습니다. 그 푸름이,
그 넓이가, 그 맑음이 천지를 깨우는 뇌성벽력(雷聲霹靂)이
되고, 온 하늘이 바다가 되어 내게 무너지는 것을 보았습
니다.

그리고 바다는 문을 열고 나오는 한 편의 시가 되어 내게 물이 되라고 했습니다. 푸름이 되라고 했습니다. 파도가 되라고 했습니다. 바울이 되라고 했습니다. 그때 나는 바다를 먹고 사는 한 마리 고기가 됐습니다. 바다를 즐기는 한 마리 물새밖에 되지 못했습니다.

나는 파도 앞에 설 때마다 이와 같은, 크고 어쩔 수 없고 좋은 인연 같은 것을 생각합니다. 주님을 생각합니다. 그리고 다시 바다를 생각하고 파도를 생(生)으로 안습니다.

물에는 돌일지언정 나는 오늘도 바다가 그리워집니다.

# 단비와 옥토

나는 가난한 농부의 아들로 태어나 자랐다. 잠시나마 농사에 빠져 살기도 했다. 밭 갈고, 거름 내고, 씨 뿌리고, 김매고, 옮겨 심고. 그리고 싱그럽게 자라서 열매 맺는 것을 즐거워했다. 그 일의 보람은 노력의 대가나 수입 이상의 것이다. 반면에 토질이 좋지 않거나 천수답(天水畓)에 비가 모자라 애를 많이 써도 곡식이 잘되지 않는 것을 보아야 할 때는 대단히 안타깝다. 돈으로 계산하는 도시인의 경제 의식으로는 농사꾼의 그런 심정을 이해할 수 없을 것이다. 그 일을 하면서 조금이나마 단비와 옥토의 가치를 알게 되었다.

기다릴 때 적절하게 오는 비가 단비다. 마른 땅에 스며들어 그 땅으로 살아 있게 한다. 초목의 온몸에 내려 뿌리로 가서 시든 그 초목으로 소생하게 한다. 단비는 다투지도 불평하지도 않는다. 어디든지 내린다. 어떤 곳, 어느 식물이든 가리지 않고 보내진 곳으로 가서 쓰인다. 거기서 자기를 죽이며 최선을 다한다.

옥토는 좋은 토질에 풍성한 거름기와 적절한 물기를 가진 땅이다. 단비와는 다른 모습으로 좋은 일을 한다. 식물이 살기에 최고의 조건을 갖추고 자기에 심어진 씨알이나 묘목은 무엇이든 자기 속에서 죽고, 살고, 무성하게 한다.

어디든지 가서 잘 되게 하는 것이 단비고, 무엇이든지 받아들여 자기 안에서 잘되게 하는 것이 옥토다. 그러면서 단비와 옥토는 자기주장이 없다. 장미는 장미로서 최상의 상태로 자라게 하고, 사과나무면 또 그것으로 최상의 것이 되게 한다. 콩이면 콩으로, 팥이면 팥으로 그렇게 되게 한다. 모든 것을 받아들여 새롭게, 좋게, 풍성하게 하고 자기는 없어지거나 가난해진다. 그러면서 자기 역할의 가치를 높인다. 나로 삶의 큰 것이 어떤 것인지 알 수 있게 한다. 단비와 옥토 같은 삶을 산다면 훌륭하다 할 것이다. 그런 사람은 사랑과 존경을 받을 것이다. 그런 것 없이 사랑과 존경을 오래 받으며 영향력을 넓게 발휘할 순 없을 것이다.

인류 역사에 엄청나게 영향을 끼쳤고 상상을 초월한 변화를 일으키시는 그리스도는 단비 중의 단비요, 옥토 중의 옥토시다. 그는 누구에게든 가신다. 어떤 사람이든 와서 그의 안에서 쉬게 하시고 문제를 해결하시며, 자라고 열매 맺게 하신다. 참 생명을 주고 개성 있게, 가치 있게, 풍요하게 하는 단비요 옥토시다. 낮아지고 종이 되고, 죽었다가 다시 사셔서 우리에게 부요함이 되신 것이 그렇다.

또 단비와 옥토를 생각하면서 '인덕(人德)'이라는 말을 생각해 본다. 우리네 대화에서 "나에게는 왜 이렇게 인덕이 없을까?" "우리와는 인연이 없는 말이라고요?" "누구누구는 인덕이 어찌 그리 많은지요?" 하는 식으로 시작해서 손해 본 이야기, 누구는 누구의 덕을 보았다는 미담 등이 꽃을 피우게 된다. 모두가 인덕이라는 말로 표현한 그런 복을 좋아하고 '인덕이 있다'는 사람을 부러워한다.

그런데 친지나 이웃을 사귀면서 여러 가지 형태로 도움을 받을 때 인덕이 있다고 말하고 주위 사람들로 인해 물질, 명예, 권위, 직위 등 어느 면으로든 손실이 있을 때는 인덕이 없다고 말한다. 이런 논리로 생각하면 가난한 사람에게는 없고 부자에게만 있는 것이고, 받는 사람에게만 있고 주는 사람에게는 없는 것이 인덕이 아니겠는가? 자기를 남김없이 희생해서 우리를 구원하고 기뻐하시는 그분은 "주는 것이 받는 것보다 복이 있다" 하셨다(사도행전 20:35). "가난한 자 같으나 많은 사람을 부요하게 하고"(고린도후서 6:10)라는 표현은 복 있는 자를 말하는 것이고, 단비와 옥토처럼 산 사람을 말한다. 그런 사람이 수준 높은 인덕을 누린 사람들인 것이다.

# 깊은산

산은 요동하지 않는다. 큰 산은 더욱 그렇다. 거센 폭풍이 바다에 해일을 일으킬 때도 산은 억센 모습으로 서 있다. 비바람 속에, 눈보라 속에 그냥 서 있다. 거대한 힘으로 세월을 밀고 영원을 향해 그 자리에 서 있다. 돋는 해를 보고, 지는 해를 지켜보다가 어두움이 와도 말없이 원래의 제 모습을 꽉 잡고 절대자 앞에 서 있다. 그러기 위한 고뇌를 다 받아들이면서 머슴처럼, 어머니처럼 서 있다. 이런 산에는 다른 아무것도 흉내 낼 수 없는 깊은 곳이 있다. 깊은 마음씨가 있다. 산이 품고 있는 부요함이 있다. 산이 베풀고 있는 잔치가 있다.

세월을 따라 깊은 곳으로 가면 오솔길에 나의 어린 시절이 있다.

역사의 깊은 곳으로 자동차로 가다가, 마차로 가다가, 말을 타고 가다가 말에서 내려 걸으면 태고(太古)가 있다. 깨끗함이 있다. 풍성함이 있다. 자유함이 충만해 있다. 안식함과 고독함이 기다리고 있다. 이것이 깊은 산의 모습이다.

나는 거기서 나무들을 본다. 새들을 본다. 산이 먹이고 입히고 있다. 그러나 산이 그것들에게 이래라저래라하지 않는다. 구속하지 않는다. 소나무는 소나무이면 되고 돌배나무는 돌배나무로 살면 그만이다. 진달래는 진달래꽃만 피우면 되고 철쭉은 철쭉이면 되지, 진달래가 되라는 강요를 받지 않는다. 새들도 날고 싶으면 날고, 먹고 싶을 때 먹고, 졸음이 오면 자고, 만나고 싶은 것이 있으면 가면 되는 것이다. 다만 나무는 나무의 삶을 살아야 되고 새는 새의 삶을 살아야 되는 것이다.

이런 것이 산의 특성이다. 큰 것의 특성이다. 바다와 물고기도 그렇지 않은가? 베풀고도 부담을 전혀 주지 않는다. 부담 주는 칭찬은 싫다. 부담 주는 친절은 싫다. 그런 선심은 정말로 싫다. 부담 주지 않는 삶이 덕스럽다. 나는 자주 이런 깊은 산에 가고 싶어진다. 거기서 배부르고 자유로운 새처럼 되고 싶다가도 '아니다' 하고 '산처럼 큰 사람이 되어야겠다'고 마음을 고친다.

베풀기만 하시는 주님, 있는 것 다 베푸시고 생명마저 대속물로 베푸신 주님이 이제는 이 깊은 산에서 "주는 것이 받는 것보다 복이 있다"(사도행전 20:35)고 하신다. 주님은 거대한 산이시다.

길을 따라, 사잇길을 따라,
숲을 헤치는 샛길을 따라
깊은 산에 이르면
쌍바윗골에 물이,
물이 흐른다

믿음을 따라, 내 믿음을 따라
깊은 그곳에 서면
골고다의 십자가가 있다
언제나, 거기

측량할 수 없는 그리스도의 풍성이,

그리스도의 충만이 있다


다 주고도

부담 주지 않는 산,

그 산이 있다

# 꽃이 세 번 피는 목화

목화(木花)는 아욱과의 한해살이풀이다. 목화는 꽃이 한 번 핀다고도 하고 두 번 핀다고도 한다. 나는 세 번 핀다고 주장하고 싶다.

내가 아는 목화의 일생은 이렇다. 봄에 씨를 심는다. 자라나면서 긴 잎자루에 손바닥 같은 잎이 줄기에 어긋나게 붙어 있고 여러 개의 가지가 있는 것이 작은 나무 모양을 하고 있다. 그 키는 60~90센티가량이고, 잎겨드랑이에 꽃잎이 다섯 장인 작은 꽃이 이른 가을에 핀다. 이것이 첫 번째 꽃이다.

첫 번째 꽃이 지고 그곳에 '목화 다래(cottonboll)'라고 하는 열매가 맺힌다. 그 열매가 여물면 벌어지는데, 씨는 검은색이고 씨의 겉껍질 세포가 백색의 털 모양을 가진 섬유로 변한다. 그것이 한껏 자라면서 다래를 열어젖힌 것이다. 그 하얀 모양은 꽃보다 더 아름답다. 이것을 '면화(솜꽃)'라 하고 두 번째 꽃이라고 할 수 있다.

가을이 한창일 때면 넓은 목화밭은 아직 푸른 잎들 사이에 있는 면화들로 말미암아 더없이 고향을 느끼게 한다. 요즈음은 방적기계를 통해서 면화가 손쉽게 옷감이 된다. 옛날에는 여인들의 손에서 면화가 솜이 되고, 솜을 물레에 돌려 실을 뽑고 베틀을 쳐서 베가 되고, 바느질하면 옷이 되었다. 여러 가지 물감으로 염색하면 꽃실이 되고 예쁜 색동이 되기도 했다. 나는 이것을 목화의 세 번째 꽃이라 한다. 꽃처럼 아름다운 것, 그것을 꽃이라고 해서 안 될 것이 있겠는가? 이처럼 목화는 꽃을 세 번 피운다. 잎겨드랑이에서 피고 열매에서 피고 정성스런 공인(工人)의 손에서 핀다.

나의 고향은 산촌이다. 산에다 일군 밭들이 많았다. 내가 어릴 적에는 그 밭에다 목화를 많이 심었고, 농한기에는 여인들이 부지런히 길쌈을 해서 가정 경제를 도왔다.

그 가운데 한 분은 나의 눈에 미모의 여인이었고, 길쌈하는 솜씨도 뛰어났다. 더군다나 성품이 좋고 매사에 희생적이면서 사람들에게 언제나 친절히 대해서 칭송과 사랑을 받았다. 장성하여 고향을 떠나온 후에도 종종 그분을 떠올릴 때면 목화 같은 분으로 생각되곤 했다. 미모에 있어서 꽃이자 자기 역할을 훌륭히 해내는 됨됨이에 있어서 꽃이었고, 나를 포함한 주위 사람들의 마음에 곱게 기억되어 꽃이었다. 비록 지금은 나이 들었지만, 여전히 좋은 분이면서 사람들에게 기쁨이 되고 있다. 내 주위에는 이런 분이 많다. 너무나도 큰 복으로 생각한다.

아름답고 유용한 목화, 그 목화의 변신, 늘 새롭게 승화하는 변화를 생각할 때면 생명력으로 피고, 쓰임새로 피고, 고상한 이름으로 피는 삶을 그려 본다. 그리고 기도하는 심정이 된다.

"젊어서 아름답고 그 삶이 훌륭하여 늙어서도 아름답고 믿음이 좋으며, 소망 가운데 하나님 손에서 영원히 아름답게 빚어지는 삶, 목화처럼 세 번 피는 삶의 여정을 따르게 하옵소서. 나 그리고 우리 모두를."

- 1996년 7월 20일 「기독복음신문」 게재

# 단풍의 아름다움

내장산 단풍이 좋다고 한다. 설악산 단풍은 더 좋고, 금강산 단풍은 놀라운 것이라고 한다. 평민 출신으로 조선 영조 때 가객인 김천택(金天澤)이 지은 우리네 시조에는 "秋霜[추상]에 물든 丹楓[단풍] 봄꽃도곤 더 죠해라(가을 서리에 물든 단풍이 봄꽃보다 더 좋아라)"고 했다.

여름엔 그렇게도 녹색의 제왕이던 나뭇잎들이 가을의 차가운 기운에 빨강, 노랑, 갈색 등으로 옷을 갈아입었다. 구질구질한 데라고는 전혀 없고 깔끔하고 신선하게 곱다. 나무가 가장 아름다운 시기는 단풍의 때일 것이다. 단풍으로 끝내는 나뭇잎, 봄부터 나무의 신진대사를 위해 자기 역할을 다하느라 바쁘게만 지내고 저무는 때에 곱게 간직해 온 속마음을 내밀어 단장하고 떠나려 한다.

이 같은 단풍잎들이 팔 벌려 함께 어우러져 단풍의 경치를 이루었다. 모일수록 더욱 아름다워지는 것, 그것이 온 산과 골짜기에 가득 피어 큰 장관을 이루고 보는 사람으로 하여금 황홀하게 만든다. 산을 태우는 듯한 단풍의 열정은 닫힌 우리의 마음을 시원하게 열고 세욕(世欲)으로 찌든 심산(心山)에도 활활 타오르며 함께 사는 아름다움을 배우게 한다.

그리고 꽃보다 더 고운 것들이 한 잎 한 잎 시들지도 않은 채 떨어져 흙에 눕는다. 쓸쓸하나 정답게 다시 생의 한복판에 떨어지는 낙엽이 된다. 지난날을 아쉬워하고 다가오는 삶을 환영하듯 손짓하며 뒹군다. 부서지고 썩고 하여 흙과 더불어 생명의 근원에 바쳐진 것이다.

내년의 봄, 여름, 가을은 단풍의 이런 희생으로 말미암아 더욱 풍요로울 것이다. 곱게 잘 산다는 것이 이런 것일 게다.

- 1992년 11월 14일 「기독교보」 게재

# 도시의 낙엽

오랜만에 한가한 시간을 내어 나 혼자 거리를 걸었다. 몇 잎의 낙엽이 동행하려는 듯 나의 발길에서 움직인다. 사라지는 가을 기운과 겨울의 문턱이 느껴지는 늦은 오후였다. 고층 건물들과 복잡하게 겹쳐서 제 얼굴만 자랑해대는 간판들이 어지럽다. 가도 가도 이어지는 시멘트와 아스팔트 길, 버릇없이 서두르는 차들, 오가는 사람들은 있으나 삭막하다. 거기서 나와 낙엽이 만난 것이다.

가로수에서 떨어진 낙엽, 갈 곳이 없다. 쉴 곳이 없다. 바람에 밀리는 낙엽은 원래가 외롭게 보이는 것이다. 싸늘한 바닥에 부딪히는 마른 소리는 따뜻한 고독을 춥게 느끼게 한다. 거리를 더욱 음산하게 한다.

지난해 이맘때 소나무와 잡목이 어우러진 산골 비탈 중턱에 자리한 어머니의 산소에 가보게 되었다. 온 비탈과 골에 지천으로 떨어져 뒹구는 낙엽들을 볼 때도 외로웠다. 어머니의 생을 생각하며 외로워졌다. 오늘도 내 곁에서 갈 곳을 찾는 낙엽들은 그보다 더 외로움의 험한 바닥을 드러내고 있다.

산골의 낙엽들은 땅에 떨어져 죽고 썩어 거름이 되고 다음 해 나무의 생명을 더 풍성하게 한다. 그러나 오늘날 도시의 낙엽은 그런 보람의 결과를 누릴 수 없다. 직장을 잃은 초로(初老)의 가장이라면 지금 나의 생각에 더 강하게 공감할 것이다. 늙으면 외로워진다. 일을 잃어버리고 가치를 잃어버리는 것은 더욱 괴롭다.

하지만 약해질수록, 고통을 당할수록 그 이름이 빛나고 더 단단해지는 경우가 있다. 삶보다 더 위대한 죽음이 있다. 많은 사람을 구원하신 그리스도의 죽음이 그러하다. 그를 주님으로 따르다가 많은 사람에게 믿음과 사랑과 봉사정신을 일깨운 의로운 죽음들도 그렇다.

지금 도시의 낙엽은 그런 죽음을 원하고 있다. 그럴 수 있는 땅을 온몸으로 찾고 있지만, 끝내 소망의 항구에는 도달하지 못하고 만다. 오히려 귀찮은 존재로 밀려나야 하니 심정이 어떻겠는가? 한 잎이라도 주워서 우리 집 작은 화단에 두고 싶어진다.

# 동백나무

　나는 동백에 대하여 큰 흥미를 가지고 보아왔다. 그럴 것이 동백꽃은 내가 살고 있는 우리 부산의 꽃이고, 가요나 민요를 비롯해 수많은 문인의 글에 예부터 나타나기 때문이다.

　동백섬 해변을 돌며 나무마다 빽빽한 잎, 곧 활엽으로 꿋꿋이 상록(常綠)하고 있는 동백을 보면서 나는 내 어머니와 누님, 형님을 생각했다. 바다의 짠물에 뿌리를 내리고 끊임없이 몰아치는 거친 해풍과 여름 더위와 겨울 추위에도 불구하고 그 키에도, 그 잎에도, 그 색깔에도 변함없이 '자기됨'을 꼭 지니고 있다. 여름 더위와 잦은 비에도 쑥쑥 자라지 않는다. 겨울 추위라고 잎을 떨구지 않고, 그 색을 퇴색시키지도 않는다. 변화를 이겨내는 데 이렇게 '억센류(類)'가 또 있을까?

꽃은 홍색 아니면 백색으로 핀다. 열정과 순결이다. 그 꽃이 겨울에 피는 것을 동백(冬柏)이라 하고, 봄에 피는 것을 춘백(春栢)이라 한다. 춘백이라 해도 바닷바람이 아직 차가워 외투를 벗지 못하는 시기에 핀다. 매화나 살구보다 오히려 앞선다. 그러나 동백꽃은 다른 식물들이 꽃을 피울 수 없는 겨울에 핀다.

독립운동가 문일평(文一平)의 「호암전집(湖岩全集)」에 따르면, 중국 내륙의 옛 명시들은 조선의 남쪽에 무화(無花)의 계절 겨울에 꽃을 피우는 나무가 있다는 소식을 듣고 놀랐다고 한다. 진한 녹색 잎들이 빽빽한 사이로 붉고 큰 꽃이 독한 추위와 억센 바람의 저항을 이기고 얼굴을 내민다. 세련되지 않지만, 순박함과 어리석음과 미련스러운 힘이 담겨 있다. 어렵게 이겨내고도 원망이나 불평보다 환한 웃음과 다듬어지지 않은 사춘기적이고 촌부스런 색깔의 잎이요, 꽃이 아닌가? 부산의 내음이 물씬한 꽃이다. 어쩌면 성경의 요셉, 다니엘, 베드로, 한나, 주의 모친

마리아 등이 동백꽃을 닮은 듯하다. 그래서인지 나의 어머니와 누님, 형님을 더욱 생각하게 만든다.

동백나무 열매는 늦은 가을에 익을 대로 익어 껍질을 깬다. 다른 것들은 고난을 피해 허송세월할 때 이를 악물고 꽃을 피워내고 다른 꽃들이 한창일 때 소리 소문도 없이 씨앗을 키워 이 가을에 자기를 깨는 것이다. 대구 지방 민요인 「동백 따는 처녀」의 가사처럼 "붉은 댕기 밤물치마 삼단 머리"의 처녀가 이 동백을 딴다면 좋은 조화가 아닐까? 이 씨를 가루 내어 쪄서 짜낸 기름은 옛날 여성들의 머릿결을 윤내는 화장품으로 사용되었고, 식용이나 고급 윤활유로도 사용되었다. 아름답게, 건강하게, 활기차게, 즐겁게 하는 역할인 셈이다.

만일 예수님이 동백의 도시인 우리 부산에서 비유 설교를 하신다면 "천국은 마치 동백나무 같으니라" 하시고 "동백나무처럼 신앙을 지키며 쓰임 받으라"고 하셨을지 모르겠다는 생각을 조심스럽게 해 본다.

동백꽃의 꽃말은 '자랑'이다. 정말 자랑할 만한 꽃이다.

# 바다와 섬

넓은 바다로 둘러싸인 작은 섬은 외롭게 보인다. 고고해 보이기까지 한다.

바다는 그것이 편안히 섬으로 남아 있도록 가만히 두질 않는다. 나와 같이 되자고 끊임없이 찾아온다. 파도로 일어나 부딪히며 짓궂게 괴롭힌다. 잔잔한 파도로 유혹하기도 하고, 성난 파도로 겨루기도 하며, 산 같은 주먹으로 위협하기도 한다. 해일, 그 큰 몸으로 덮치고 강도질하려다가 처절하게 전신을 섬에 다 깨고는 사정사정하며 물러가기도 한다. 이렇게 바다는 섬을 안고 나와 같이 되자고 한다. 세월이 아무리 길게 흘러도 바다는 그 일을 포기하지 않는다.

그러나 바다처럼 될 수 없는 섬, 그 때문에 외로운 섬, 그것을 선명히 하고 바다와 구별되게 우뚝 서서 이겨나가는 고고한 섬. 그런 섬을 향해 바다는 나와 같이 되자 하고 섬은 안 된다고 버틴다.

그것 때문에 바다와 섬은 같이 있으면서도 서로 멀고, 서로 필요로 하고, 서로 그립다. 그것 때문에 피차 독립적이고 서로 외롭다. 그것 때문에 서로 다툰다. 그것 때문에 서로 살아 있다. 그것 때문에 돋보이게 되고 가치 있게 된다.

서로의 관계 속에서 살아가는 우리도 상대가 누구든 그에게 바다일 때가 있고 섬일 때가 있다. 아기가 엄마에게 파도일 때가 있고 섬일 때가 있으며, 엄마도 아기에게 파도일 때가 있고 섬일 때가 있다. 남편과 아내는 아무리 다정해도 피차 파도로 갈 경우가 있고, 섬으로 맞을 때가 있지 않은가? 노사로서, 동서로서, 사제로서, 노소로서, 빈부로서, 형제로서 나와 너, 친구로서 너와 나, 목회자와 평신도로서 나와 여러분처럼 우리가 피차 파도와 섬인 것을 괴로워할 때가 얼마나 많았는가?

그러나 나와 주님, 그 예수님은 말씀하신다. "내가 너희를 사랑한 것같이 너희도 서로 사랑하라"(요한복음 13:34) 하신다. 주님은 내가 파도로 가면 자기의 섬 됨을 깨어 버리시고 강물로 흘러든다. 언제나 기다렸다는 듯 나와 같이하고 같이 되고, 내 안에서 '너는 내 것, 나는 네 것, 원하는 것은 무엇이든 구하라, 너는 무엇이든 할 수 있다'(요한복음 15:7) 하신다.

그러므로 교회와 그리스도는 하나, 파도와 섬일 수가 없다. 주님이 섬으로 서실 때는 우리도 그렇게 서고, 그분이 파도로 나서시는 경우엔 우리도 함께 파도로 가자. 그리하여 우리는 서로를 향해 '섬 되고, 파도 되고' 하지 말고, 세상을 향해 '섬 되고, 파도 되어' 그것을 이기자.

# 석류를 생각한다

석류를 생각한다. 석류는 그리스도를 생각나게 하고 그리스도를 통한 구원과 그리스도인의 성숙된 인격을 생각하게 한다. 꽃의 색깔, 열매의 모양과 익었을 때의 속모양, 이를 키운 줄기와 잎이 이렇게 생각하게 한다.

꽃이 피면 검붉은 색이다. 그 색깔이 붉은 장미꽃보다 더욱 진하다. 핏덩이 같은 꽃이 피었던 자리마다 노란색 열매가 맺힌다. 꽃받침 부분은 왕관 모양이다. 솔로몬은 이것으로 자기가 쓸 왕관의 모델로 삼았다고 한다. 무엇보다 석류나무는 경건하다. 잎에도, 줄기에도 단조로움과 깨끗함과 윤기가 흐른다. 특히 줄기는 여유롭게 휘어지면서도 긴장한 듯 힘이 강하게 주어져 있다.

이렇게 경건한 나무는 흙과 계절과 바람을 걸러서 먹고, 왕관을 쓴 열매를 기른다. 하얀 속, 가득한 알들이 옹기종기 서로 사랑하며 맑음과 영양과 색깔과 싱그러움을 키운다. 그러다가 가을 어느 날 자기 성숙에 못 이겨 껍질을 깨고 만다.


들여다보이는 아름다움

그 보석들의 가득함

웃음과 그윽함의 잔치다


꽃의 핏빛은 사라진 줄 알았는데,

이렇게 되었구나 싶다


넘치는 맛

입을 가득 채우는 시고도 상긋한 단 즙의 맛

마음에 가득 일어나는 감동

그 영양과 약효

누가 석류의 모든 것을 말할 수 있으랴?

하나님은 이것을 제사장의 옷깃에 새기라 하셨고(출애굽기 28:33), 솔로몬은 성전에 세운 두 기둥머리에 그 모양을 수백 개 만들어 달았다(역대하 3:16; 4:13). 그렇게 한 뜻을 알 듯하다.

이런 석류를 보며 예수님의 보혈을 힘입어 의롭게 된 하나님의 자녀들이 인생의 겨울과 봄, 여름 그리고 가을에 와서 그리스도의 모습으로 성숙한 것을 생각하는 게 무리겠는가? 석류알은 우리 하나님의 은총과 성숙한 성도의 모습과 향기를 상징하기에 충분하다. 그리고 우리 그리스도인 모두는 "너울 속의 네 뺨은 석류 한 쪽 같구나"(아가 4:3)라는 고백을 최고의 사랑이신 분에게 들을 수 있도록 해야 한다. 이렇게 되도록 성령님이 우리 안에서 역사하고 계신다(갈라디아서 5:22~23).

석류처럼 성령의 열매로 꽉 찬 사람을 생각하며 나를 돌아본다.

# 수박 이야기

사람들은 내 치아를 보며 수박 잘 먹게 생겼다고 한다. 내가 자란 고향도 수박 농사를 많이 짓는 농촌이었다. 게다가 내게는 신장 결석이 있어서 수박을 많이 먹으면 좋다고들 한다. 또 수박에 대한 좋은 글을 쓰고 싶었다. 이러니 수박에 대한 나의 관심이 남다를 수밖에 없다.

수박의 둥근 겉면에는 옅은 초록색이면서 파도를 연상케 하는 진한 무늬가 있다. 초록의 바다, 이랑이랑 밀려오는 파도의 모습이다. 살아 있다, 젊다, 활기차다, 밀어붙인다. 그러다가도 깨어지고 물러가서 하나가 된다. 크게 된다.

수박을 자르면 백육(白肉, 껍질 속살)이 있고 그 속에는 홍육(紅肉, 속살)이 있다. 의욕의 바다는 하얀 속살, 그 순결함의 얼굴이다. 여름이 무르익은 붉은 살점은 하얀 속살, 곧 빈틈없는 순결함의 더 높은 성숙이요, 그 뜻이요, 그 피 흘림이다. 그래서 수박의 얼굴에는 항상 그렇게 격랑이 일고 있나 보다.

맛 좋고 시원하고 나의 신장 결석에도 좋은 수박의 붉은 속을 먹으면서 나는 예수, 구세주, 그 주님의 골고다를 생각한다. 주님은 세상 죄를 지고 가는 하나님의 어린 양이셨다. 그래서 십자가에서 죽었다가 부활하여 생명의 떡이 되셨다. 주님을 찾아 만나는 자는 결코 주리지 않겠고, 주님을 믿는 자는 영원히 목마르지 않게 된다. 영생하게 된다. 주님이 친히 "내 살은 참된 양식이요 내 피는 참된 음료로다"(요한복음 6:55)라고 하셨다. 주님은 영생하도록 솟아나는 샘물이 되셨다. 우리는 "샘솟듯 하는 피 권세 한없이 크도다"(새찬송가 258장 「샘물과 같은 보혈은」)라고 찬송한다. 그러므로 예수 그리스도, 우리 주님은 참된 수박이시다고 해도 되지 않을까? 이렇게 수박에서 예수님을 연상(聯想)하면서 노래해 본다.

사랑,

희생의 마지막 빛깔

기도의 빛, 땀의 빛

베들레헴에서 겟세마네와 골고다로 일어선

십자가의 빛


파도의 의지로

순백의 의지로


나와 너의 여름

한더위

기갈의 한복판

붉은 살점에서 생수가 솟는다


　나는 수박이 좋다. 수박 농사를 많이 하는 고향이 좋다. 수박을 많이 먹어야 하는 나 됨이 좋다. 수박을 이야기할 수 있다는 것이 기쁘고, 사랑 이야기를 할 수 있고, 그리스도를 믿는 나의 신앙을 새로운 그릇으로 전할 수 있게 된 것이 한없이 기쁘다.

그 붉은 살점 속 까만 씨알은 땅에 떨어져 죽고 많은 열매를 맺을 것이다. 좋은 땅에 심긴 것은 백 배로 맺을 것이다. 수박 이야기도 그렇게 열매를 맺었으면 좋겠다. 이랑이랑 밀려오는 파도처럼 나의 수박 이야기가 전달되었으면 좋겠다.

- 1996년 7월호 월간 「아동문학」 게재

# 고향의 강, 마음의 강

　내 고향은 작은 산, 작은 들, 작은 강으로 둘러싸인 마을이다. 거기에는 고요 속 작은 속삭임 같은 삶을 살아가는 사람들이 있다. 그러나 억세게, 열심히 살고 있다. 그리고 정답게 어울려 산다.

　나는 거기 흐르는 강을 배로 건너며 학교에 다녔고, 내 어머니는 머리에 무겁게 이고 그 강을 건너며 장엘 다니셨다. 겨울이면 얼어붙은 강을 경험하고, 여름이면 홍수진 강을 건너는 위험을 경험했다. 봄과 가을엔 강변의 아름다움에 안겨 거기서 노 젓는 즐거움을 누렸다. 무더운 날엔 모든 것 언덕에 접어두고 백사장을 달려 물에 뛰어

드는 재미가 강보다 더 깊고 맑았다.

비 오는 날의 강, 눈 오는 날의 강, 밀보리가 익어가는 5월의 강, 달빛 쏟아지는 저녁의 강. "옛날에 금잔디"로 시작되는 「메기의 추억」 같은 친구들과 함께 노닌 그 강, 청년부 신입생일 때 『의사 지바고(Doctor Zhivago)』를 읽고 밤 깊도록 같이 흘러가 본 고향의 강, 이제는 음악과 함께 나의 가슴을 적시며 흐르는 강이 되었다.

강과 함께 지내보면 모래로 물을 씻고, 물로 모래를 씻기며, 달빛과 햇빛을 깨끗이 한다. 어머니의 땀과 눈물도 닦아 주고 나의 추억을 세수시켜 주며, 모래 위의 세상 욕심을 지워 주면서 바다로만 흐른다.

무더울 때의 강, 가물었을 때의 강은 자기 것으로 적셔 주고 식혀 주며 흐르는 강이다. 여름을 식히고 과열을 식히며 흙으로 흙 되게 하듯이 봄을 봄 되게, 가을을 가을 되게 한다. 하나님은 나의 나 됨을 위하여 고향에 그 작은 강을 흐르게 하셨을까?

삶이 무거워, 밤이 무거워 창문 닫고 불 끄고 눈 꼭 감으면 바다보다 더 크게 내 안으로 흘러드는 고향의 강이다. 살아온 날들의 사진들, 그리운 이들의 얼굴을 강물에

띄우면 만나고 헤어지고, 헤어지고 만나고, 얼굴 마주 대하는 그 몸짓으로 흐른다. 영원한 물의 본향, 바다로 흐른다.

고향의 깊은 곳을 흐르다가 나의 삶으로 흐르고, 이제는 더 큰 고향으로 흐르는 이 강으로 구별 없이 누구나 초대하고 싶다. 고향 가는 신명으로 손짓하고 싶다.

# 찔레 같게 하소서

들장미라고도 하는 이 나무는 야생성이 강하다. 야산 비탈이든, 토질이 매우 좋지 못하든, 바위가 아래로 깔려 있고 돌이 많아 다른 나무나 잡초가 잘 자라지 못하는 곳이든 덩굴로 자란다. 물기가 제대로 스며드는 산골 도랑가에서는 다른 풀 속에서도 2미터 넘는 높은 키를 쑥 내밀고 생기 넘치는 몸에 꽃을 피운다.

멀리까지 뻗는 뿌리줄기는 딱딱하게 굳어 바위라도 뚫고 지나간다. 단단하고 윤기 나는 줄기의 마디마디에서 잎이 어긋매겨 나고, 잎자루 밑에는 갈고리형의 가시가 난다. 이것이 어려운 삶의 현장을 이겨 나가는 찔레의 강한 모습이다. 뿌리로 물기 없는 바위의 인정을 참아 내며, 가시로 대적에 맞서며, 줄기를 밟혀도 자기 의지를 굽히지 않는다. 환경을 개척해 내고 자기를 보호하며, 끊임없이 자기 발전을 거듭하는 찔레의 힘에 찬사를 보내고 싶다.

찔레의 마디에는 가시가 있고, 그 위에 겹잎이 있고, 줄기 쪽으로 작고 연한 잔가지가 나와 있다. 이 잔가지들이 마디마디에서 나무를 싱그럽게 한다. 그러다가 5월이 되면 장미꽃을 닮은 찔레꽃을 피운다. 옆으로 뻗은 줄기에서 자란 잔가지 끝 꽃대에서 핀다. 흰색이나 엷은 홍색의 꽃이 잔가지에 피면 찔레는 꽃으로 옷 입은 나무가 되는데, 황색의 꽃술에서는 향기가 퍼져 나온다. 이른 아침 산길에서 만나는 찔레나무들, 이슬에 흠뻑 젖은 꽃들의 향연, 아랫마을 토박이들이 원망 없이 사는 힘과 정을 담은 이 꽃들을 보노라면 창조자의 메시지가 소리 없이 울려 퍼지고 있음을 느끼게 된다. 나는 기도하는 마음에 빠진다.

하나님, 한 그루 찔레가 되게 하소서.
원망 없이 사는 것을 배우게 하소서.

인내를 배우게 하소서.

나에게 주어진 삶을 하나님의 지도하심대로

찔레처럼 훌륭히 사는 분별력과 힘을 주소서.

그리스도의 장성한 분량으로 꽃피게 하소서.

일의 마디마다, 만남의 마디마다

생명의 순을 내며 꽃피고 향기 내게 하소서.

그리스도가 해로 돋는 아침에는

은혜의 이슬로 말미암아 더욱 빛나게 하소서.

사탄의 궤휼(詭譎, lies)과 싸우는 가시를 주어서

이 면류관을 빼앗기지 않게 하소서.

# 텃새와 철새

계절에 따라 옮겨 다니며 사는 새를 철새라고 한다. 이 땅의 겨울이 좋아서 찾아오는 새는 가을에 와서 겨울을 지내고 다시 북으로 간다. 오리나 기러기 같은 새가 그렇고, 그런 새를 겨울새라 한다. 우리의 여름을 좋아하는 새는 봄에 와서 여름을 지내면서 번식하고 살다가 먼 남쪽으로 간다. 이 같은 제비나 뻐꾸기 등을 여름새라 한다. 또 물떼새처럼 한반도의 사계 중 어느 것도 맞지 않아서 지나가기만 하는 새를 나그네새라고 한다. 자기에게 기후나 환경이 맞을 때는 찾아와서 살다가 그렇지 않은 계절이 오면 제게 맞는 다른 곳으로 가 버린다.

우리는 겨울 하늘을 수놓는 기러기 떼를 보는 것이나 뻐꾸기 소리를 듣는 것, 또 우리네 생활 깊숙한 곳까지 와서 살다가는 제비와 정이 드는 것을 좋아한다. 그러나 그것들은 자기들의 수(數)에 맞지 않을 때는 언제든지 떠나가 버린다. 반면에 꿩이나 참새 같은 텃새는 그렇지 않다. 계절을 따라 왔다 갔다 하지 않는다. 봄과 여름이 왔다 가고, 가을도 저물고, 여름을 즐기던 그들에게 겨울이 쇄도해 와도 텃새는 떠나지 않는다. 철새는 와서 즐기다가 가지만, 텃새는 그럴 수 없다. 제비가 와서 여름을 즐기고 있을 때 텃새는 겨울 준비를 해야 한다.

철새는 형편이 어려워지면 떠날 생각을 하며 살지만, 텃새는 이겨낼 힘을 길러야만 한다. 기러기가 꿩보다, 제비가 참새보다 좋게 보일 때도 있다. 그러나 텃새는 변함없는 인심(忍心)을 갖고 있다. 그런 것이 아름다운 것보다 더 감동적일 때가 있고, 유능한 사람보다 일을 더 크게 할 때가 있다. 그것도 가장 어려울 때 그렇다.

예수님은 철새 같은 사람이 아니라 텃새 같은 사람을 택하여 제자로 삼으셨다. 주님이 택하신 자들은 비록 갖춘 것이 부족해도 주님을 떠날 수 없는 사람들이었다(요한복음 6:68). 계절이 바뀌어도 교회를 떠날 수 없는 신앙인들을 통해 주님은 교회를 세우시고 음부의 권세가 이기지 못하도록 하신다.

3·1독립운동은 어떤 사람들이 했는가? 잘난 철새들이 아니라 우리 것을 우직스럽게 사랑하는 텃새인 국민이 했다. 당시 조선총독부 치하 행정구역인 12부 220군의 군마다, 교회마다, 학교마다, 그리고 공원과 거리와 일터와 장터에서 연쇄적으로 일어났다. 당시 힘은 없었지만, 이 민족의 텃새들, 특별히 신앙의 텃새들이 참 많았다. 그런데 그 텃새들의 후손이 오늘에 와서 철새들로 많이도 변한 것 같다. 저 좋을 대로만 사는 사람이 얼마나 많은고? 철새 정치, 철새 사업, 철새 학문, 철새 문화 등 그런 것들이 저지르고 버린 일은 또 얼마인가?

오늘 우리에게는 텃새의 정신과 삶이 필요하다. 그것을 찾아야 한다. 텃새 정신은 곧 제자 정신이고 순교 정신이기 때문이다.

# 가을이 두려워진다

봄과 함께 차가운 땅에 온기가 온다. 모든 것은 부드러워지고 여리기 시작한다. 갇혔던 생명들이 땅을 열고 나오고 껍질을 깨고 나온다. 하늘엔 구름이 모여들고 열린 대지엔 비가 내린다. 밤과 낮이 계속될수록 여름이 오고 그 여름이 깊어질수록 밤이 식힐 수 없는 태양의 열기가 몰려온다. 그 열기를 따라 생명 있는 모든 것은 상기되어 흥분하는 듯하다. 싹 내고, 자라고, 꽃피우고, 무성해지고, 열매를 맺는다. 또 강은 어떤가? 범람하고 만다. 여름이 한창일 때는 모든 것이 충만이다. 부족함이 없다.

봄과 여름은 이처럼 떠났던 것이 돌아오는 계절이다.

그러나 가을은 다르다. 열기가 떠난다. 아파트 벽에 페인트 색이 퇴색되듯이 서서히 빠져나간다. 모든 것의 생명력이 따라 떠난다. 땅의 물기, 나무의 물기, 하늘의 물기, 그리고 구름도 떠난다. 마지막으로 떠나는 낙엽이 가을을 더욱 쓸쓸하게 한다.

해변에는 파도만 남고 떠난다. 박수로 꽉 찼던 공연장에서 사람들이 떠나고 남은 자가 되면 거기도 가을이 된다. 전쟁이 끝난 격전지의 가을처럼 여름이 무성했던 곳일수록 가을은 더욱 가을스럽다. 신혼의 아내, 그녀의 배가 불러오면 출생의 비밀이 꽃밭이 되고 예상하지 못한 새로운 꽃들이 날마다 피어나고, 하나님께 돌리는 감사가 단칸 셋방을 촉수 높게 밝힌다.

집이 커지고 식구들이 불어나 하나, 둘, 셋, 아이들이 자라고 나에게 무성한 여름이 왔다 싶었으나 올해는 어쩐지 가을이 두려워진다. 자녀들을 모두 도시로 보내고 텅 빈 고향에서 가을걷이에 여념 없는 누님을 생각하며 가을이 두려워진다. 그 외로움 때문만이 아니다. 맑고 푸른 하늘 아래 여름의 열기는 떠나고 비었다 해도 나무에 충실한 열매가 있어야 할 만큼은 있어야 하는데, 이 가을에 돌아보는 나의 나 됨은 그렇지 못한 것 같아서 나는 지금 가을을 두려워하고 있다.

사람은 자기 행위의 열매를 먹게 된다. 심은 대로 거두게 되는 법이다. 악한 것으로 심으면 나쁜 열매를 거둘 수밖에 없다. 선한 것으로 심는 사람은 때가 되면 좋은 것을 거두게 마련이다. 적게 심으면 적게 거두고 많이 심으면 많이 거둔다. 이것이 자연의 법칙이고 삶의 원리다.

"한 알의 밀이 땅에 떨어져 죽지 아니하면 한 알 그대로 있고 죽으면 많은 열매를 맺느니라"(요한복음 12:24) 이것은 꼭 이렇게 사신 예수님의 말씀이다. 이런 생명의 주님을 떠나서는 아름다운 열매를 맺을 수 없다. 우리는 그의 안에서 죽고 그가 우리 안에서 생명의 주님으로 역사하실 때 많은 열매를 맺을 수 있다. 시냇가에 심긴 나무와 같이.

텅 빈 가을, 그래서 여유로우면서도 허전하고, 깨끗해지면서도 차가워지는 가을의 땅이다. 나의 공간에서 떠날 것 다 떠나고 남는 것은 무엇인가? 그것이 너무나도 중요하기 때문에 가을이 두려워진다.

별로 있는 그때,
그에게는 거짓이 없다

# 부가 손해

'부가 손해(附加損害)'라는 말은 잘 사용하지 않는다. 그러나 부가가치, 부가세, 부가형 등의 말은 종종 사용한다. 그것은 이런 일이 자주 일어나는 데다 우리 생활과 긴밀하기 때문에 이런 일에 관심을 갖고 유익을 도모한 결과일 것이다. 그런데 '부가 손해'는 일상적으로 더 많이 당하고 있으면서도 여기에 대해서는 관심을 기울이거나 개선의 노력을 하지 않는 편이고, 그렇게 하더라도 너무 소홀한 편이다.

부가 손해를 보는 경우는 여럿이고, 또 다양하다. 그것들을 여기서 다 열거할 순 없을 정도다. 한 예로, 도둑을 맞게 되면 그로 인해 정도에 따라서는 사업에 지장을 받기도 하고 가정생활이 어려워지기도 하며, 소중한 일을 못하는 경우도 발생한다. 이런 것이 부가 손해가 되겠지만 더 큰 부가 손해는 심리적인 데서 온다. 미움이 일어나기도 하고, 부끄러워지기도 하고, 두려워지기도 하고, 의욕을 잃기도 하고, 억울하기도 하고, 울분이 일어나기도 하고, 우울해지기도 할 것이고, 잠 못 이루기도 하고, 남을 의심하게 되는 경우도 있고, 가정불화가 일어나기도 한다. 이런 심리적 부가로 말미암아 더 많은 상처를 받는 것이 보통이다. 손해에 대한 반응이 강하면 강할수록 고통도 커진다. 화를 내면 낼수록 울화가 더욱 치민다.

어떤 오해를 받거나, 속임을 당하거나, 욕하는 소리를 듣거나, 이유 없는 공격을 받거나, 잘한 것 때문에 악한 도전을 받거나 할 때도 그렇다. 경쟁에서 실패했을 때도 마찬가지다. 이런 일을 당하면 누구나 속이 상한다. 하지만 속상해하면 할수록 부가 손해는 더욱 커진다. 정신적으로 불안해지는 데서 오는 고통은 계산할 수 없지만 매우 큰 것이다. 그래서 이미 손해를 자초하게 되는 일은 막아야 한다. 정도를 지나면 죄를 짓도록 하기 때문이다.

절제, 인내, 용서, 관용, 온유와 같은 큰마음은 우리 자신을 위해 얼마나 필요한 덕목인지 알아야 한다.

사울과 다윗이 이를 증거한다. 다윗에 대한 사울의 시기심은 미움으로, 미움은 또 살인하려는 광적인 노력으로 나타났다. 그러나 다윗은 그러한 사울을 용서하고 피한다. 하나님은 다윗으로 하여금 부족함이 없게 하셨고, 사울은 넘어져서 다시 일어나지 못하게 하셨다.

예수님은 죄 없으신 자기를 욕하고, 조롱하고, 저주하고, 자기 얼굴에 침 뱉고, 채찍질하고, 십자가에 못 박는 그들을 위하여 "아버지 저들을 사하여 주옵소서 자기들이 하는 것을 알지 못함이니이다"(누가복음 23:34)라고 하셨다. 용서하는 마음, 사랑하는 마음, 원수까지도 위하는 마음, 이 마음은 복된 마음이다. '부가 손해'를 없애고 전화위복을 깨닫게 하는 강한 마음이다.

"너희 관용을 모든 사람에게 알게 하라 주께서 가까우시니라"(빌립보서 4:5)

# 이런 용기

제2차 세계대전이 한창일 때 이탈리아 북부 독일 점령 지역에서 일어난 일이다. 미군 병사가 탄 정찰기 한 대가 독일군의 대공사격에 맞았다. 비행기는 검은 연기를 뿜으며 추락했고, 거기서 한 병사만 낙하산을 이용해 탈출했다. 낙하된 곳은 어느 벌판의 독메(외따로 떨어져 있는 조그마한 산) 옆이었다.

독일군이 추격해 오자 그는 있는 힘을 다해 도망하다가 독메 기슭의 한 농가에 들어섰다. 숨겨 달라고 호소하는 그를 보자 주인은 식량함에 숨겨 주었다. 이 농가로 미군 병사가 도망하는 것을 본 독일군 두 명이 뒤따라 들어왔고, 숨은 곳을 가리키라고 위협했다. 주인은 그런 사람이 들어온 일이 없다고 잘라 말했다. 긴장과 분노로 사나워진 두 군인은 집안을 수색했다. 그들은 곧 미군을 찾아냈고 총구로 그의 등을 밀고 주인 앞에 세웠다.

두 독일군이 주인에게 노기를 쏟고 있는 순간 미군 병사는 재빠르게 담을 넘어 도망쳤다. 살고자 하는 본능에 모든 힘이 집중되었다. 독일군은 당황해하는 주인을 총살하고 미군 병사를 추격했다. 원뿔을 닮은 외딴 산의 산기슭을 따라 달린 병사는 얼마 후 또 한 집을 발견하고 들어가 숨겨 달라고 애원했다. 그런데 앞에선 여자는 조금 전 자기를 숨겨 주려다가 변을 당한 남자의 아내였다.

그런데 기적이 일어났다. 남편을 죽게 만든 원인제공자였고, 또다시 그 미군 병사로 인해 자신의 목숨마저 덮칠 것은 뻔했다. 그럼에도 그 여자는 순간적인 지혜와 용기로 남편이 숨겨 주었던 바로 그 장소에 병사를 숨겨 주었다. 그러고 나서 결사적인 모습을 한 독일군이 다시 집안으로 들어섰다. 눈물범벅이 된 얼굴을 들고 여자는 머리를 좌우로 저었다. 그리고 울음소리를 내었다. 독일군은 도망치는 미군 병사를 숨겨 준 대가로 목숨을 잃은 남편의 시체를 안고 우는 여인에게서 또다시 숨겨 줄 가능성을 전혀 읽지 못하고 나가 버렸다.

한번 생각해 보자. 병사의 살려는 용기와 아내의 희생적인 용기, 이 두 가지는 우리가 모두 가지고 있어야 한다. 병사의 용기는 사람의 생명을 희생시켰고, 아내의 용기는 사람을 살려 주는 안전지대가 되었다. 우리는 이 두 가지 용기 가운데 병사의 용기에만 치우쳐 있지 않은가? 이웃에게 안전지대를 제공하는 희생적 용기를 가지도록 지혜를 다하자. 주님의 전적인 희생으로 생명의 안전지대를 얻은 우리가 아닌가? 그리고 수많은 사람의 희생 위에 오늘의 우리가 있다. 민족의 오늘을 생각해도 그렇다.

# 자유의 음지

사람은 누구나 자유롭게 살고 싶어 한다. 그리고 자유에 대한 사람들의 욕망은 다른 여러 욕망과 마찬가지로 끝이 없다. 그래서 전보다 자유로워지고 다른 사람보다 더 많이 자유롭게 살고 싶어 한다. 책임보다 권리를 더 크게 행사하고 싶어 하는 것이다. 그런데 누군가가 '나는 꼭 그렇게 살아야 한다' '그렇게 살아야겠다'고 하여 수단과 방법을 가리지 않고 서둘게 된다면 우리 사회에 어려운 문제를 야기하게 된다. 특정인이나 특정 단체를 위한 법이 나오고 세상에 독재자가 출현하는 것도 이런 이유 때문이다.

이런 욕망을 억지로라도 유지하기 위해 노력하게 보면 결국 폭력이 뒤따르고 사회가 불안해지기 마련이다. 남보다 더 많은 자유, 책임보다 큰 권리 행사 등은 민주화나 자유를 위한 행진에 적이 된다. 폭언과 실언, 폭력과 무관심, 무책임, 무질서, 마약 밀매, 인신매매, 희롱, 술주정, 폭리, 사기, 도적질, 시기, 음란, 불의, 뇌물, 태만, 거짓, 방탕, 아집과 독주 등 이런 것들도 임무를 망각한 자유이며, 남보다 더 많은 자유, 부패한 자유로서 자유를 죽이는 자유다.

오늘날 우리 사회가 많이 자유로워졌다고는 하지만, 자유를 짓밟는 자유가 더 팽배해졌고 사람과 밤을 더 무서워하게 되었다. 못 가는 곳, 못 다니는 시간, 못하는 일이 더 많아진 것이다. 담은 더 견고하게 높아지고 자물쇠 또한 정교하게 발달하고 있다. 사람들은 개인의 자유에 상당한 위축을 받고 있으며, 내 것 지키기에 열을 올리게 됐다.

절제 없는 자유는 많은 성실한 사람들에게 자유의 무덤이 되고 있다. 누구도 자기 자유를 열기 위해 남의 자유를 닫는 일이 있어서는 안 될 것이다. 무엇이든지 말할 수 있고 어디서든지 살 수 있으며, 원하지 않는 일은 하지 않

을 수 있으면서도 "나 자유, 너 자유, 우리 자유"가 합창
될 수 있는 그런 사회가 되어야 한다. 이것은 우리가 '진
리와 사랑'을 자유케 할 때 가능한 일이다.

남보다 더 많은 자유

책임보다 더 큰 권리 행사

자유를 죽이는 자유

부패한 자유

자유의 지독한 음지

우리는 하나님의 말씀이 주는 자유에 대한 가르침을
명심해야 한다.

"진리가 너희를 자유롭게 하리라"(요한복음 8:32)

"형제들아 너희가 자유를 위하여 부르심을 입었으나
그러나 그 자유로 육체의 기회를 삼지 말고 오직 사랑으
로 서로 종 노릇 하라"(갈라디아서 5:13)

그러므로 우리는 음지를 만들지 않는 자유인이 되기
위하여 배우고 또 노력해야 한다.

# 별이 쏘는 화살

윤동주의 시 「별 헤는 밤」에 이런 말이 나온다.


어머님, 나는 별 하나에 아름다운 말 한마디씩 불러 봅니다.

소학교 때 책상을 같이 했던 아이들의 이름과

…

나는 무엇인지 그리워

이 많은 별빛이 내린 언덕 위에

내 이름자를 써 보고

흙으로 덮어 버리었습니다.

윤동주가 아니라도 밤하늘의 수많은 별을 보며 혼자 생각에 잠길 때면 가슴엔 그리움으로 가득 차고 머리엔 추억이 일어선다. 어머니, 고향, 어린 시절-세월을 씻어 버리고 다가오는 그 시절-의 얼굴들… 모두가 별처럼 멀지만, 아름다운 빛으로 다가온다. 그때의 내 모습은 큰 별로 떠오른다. 자기이면서도 전혀 다른 타인이 되어 있는 지금의 나를 쏘아보고 있다. 갑자기 나의 나이가 초라해진다. 나의 양심이, 나의 꿈이, 나의 능력이, 나의 사랑함이, 나의 업적이, 살아온 연륜이, 나의 이름이 겨울나무처럼 벌거벗고 추위로 떤다.

나의 별을 죽이며 변신해 온 나를 향해 보복의 화살이 오늘 밤 저 별들로부터 날아오고 있다.

별로 있는 그때, 그에게는 거짓이 없다. 사기꾼이 될 수 없다. 강도가 될 수 없고 어린이 유괴는 생각지도 않으며, 폭리를 취해서 돈을 벌려고도 않으며, 원한을 사는 폭력도 없고 중상모략이나 부정을 저질러 출세하려고도 않으며, 알코올 중독이나 살인은 그의 삶에 흔적도 없다.

방탕, 시기, 질투, 비방, 교만, 비굴, 다툼 이런 것도 없다. 오직 사랑하고, 이해하고, 성실하고, 성장하고, 봉사하고, 감사하고, 이름만으로 별이 되는 것이다. 그러나 자기를 배신하며 살아온 우리이기에 우리 시대에는 별이 너무나도 멀리 있고, 그 별이 쏘는 화살에 맞아야 하는데 그럴 수도 없는 절망의 어두움에 있다. 그러기에 이 많은 별빛이 내리는 허공에 자기 이름을 써보고는 덮어 버릴 수밖에 없다고들 한다.

그러나 여기 한 새벽별이 있다. 치료하는 광선을 발하며 떠오르는 해가 있다. 하나님의 아들 예수 그리스도가 계신다. 영원한 별이 되게 하는 그가 우리에게 오셨다. 그는 우리에게 "돌이켜 어린아이들과 같이 되라"(마태복음 18:3)고 하신다. 자기를 힘입어 별이 되라는 말씀이다. 별이 되게 하는 그분의 화살을 맞고 한 세리는 "하나님이여 불쌍히 여기소서 나는 죄인이로소이다"(누가복음 18:13)라고 했고, 다윗은 "하나님이여 내 속에 정한 마음을 창조하시고 내 안에 정직한 영을 새롭게 하소서"(시편 51:10) 하고 소원했다.

세리장 삭개오는,

"주여 보시옵소서 내 소유의 절반을 가난한 자들에게 주겠사오며 만일 누구의 것을 속여 빼앗은 일이 있으면

네 갑절이나 갚겠나이다"<sub>(누가복음 19:8)</sub>라고 하여 하나님
의 자녀로 인정되었다.


별이 쏘는 화살
별이 되게 하는 화살
맞을수록 좋은 것
이 화살에 맞아야 할 사람이 얼마나 많은고
"주여, 나를 겨냥하소서 지금 쏘시옵소서"

# 빈손으로 주는 것

　나 같은 사람이 책을 냈다. 책 표지에 '김영도 지음'이라는 글씨가 선명했다. 그것을 보면서 웃었다. 낼까 말까 하며 망설일 때가 생각난 것이다. 내려고 하면 '이 정도의 글이 책이 될 수 있을까, 이런 글이 책이 된다면 세상에 책 안 될 글이 있겠는가?' 하는 생각이 마음을 꽉 잡았다. 그만두려고 하면 '이대로 버리기에는 아깝지 않은가, 이 글이 책이 되어 누군가 읽게 된다면 죄짓게 하지는 않을 것 아닌가, 좋은 글이 될지는 몰라도 읽어서 도움이 될 만한 요소는 있을 것이다. 이것도 글이라고 책으로 냈나 하고 욕하는 사람 있다면 겸손해지는 기회로 삼자' 하며 혼자 이 생각 저 생각에 왔다 갔다 하다가 용기다, 모험이다 하고 원고 뭉치를 출판사로 보냈다.

책으로 받아 쥐면서도 부끄러움과 마음 한구석에서 불안의 안개가 일기도 했다. '누가 이걸 읽고 안 좋아도 내게 안 좋다 할 사람 있겠는가? 좋다 하는 사람도 속을 감추고 겉으로 나를 위해 잠깐 예절을 갖춘 것이니, 주제 파악 잘하고 있자. 돈 주고 사 볼 만한 수준에는 확실히 못 미친다'라고 생각하면서 나를 꾹 눌렀다. 그리고 속으로는 '출판하는 것도 용기고, 읽어 보라고 보내는 것도 모험이다'라는 다짐을 하면서 몇 사람에게 보냈다.

그러고 나서 전화가 왔다. 아내가 받았다. 옆에서 들었다. 누구의 전화인지 단번에 알 수 있었다. 평소에 별로 친한 사이도 아닌 분이다. 그분은 칭찬이고 아내의 목소리는 내내 "예, 예"였다. 얼마 후에 그분의 집에 결혼식이 있었다. 책과 축의금을 가지고 참석해서 축하했다. 전에도 그 집에 잔치가 있었으나 가지 않았다. 그래도 될 사이였다. 내 책도 간접으로 보게 된 분이었다. 그런데 이번에는 책 주고, 축의금 내고, 시간을 쓰고 해도 손해 보는 것 같지 않았다.

내 책에 대한 주제 파악은 하면서도 그분의 전화로 말미암아 다음에는 더 좋은 글로 책을 내야지 하는 각오가 생겼다. 칭찬의 효과는 이미 알았지만, 그 사실이 더욱 새롭게 느껴진다. 나는 칭찬을 잘 하지 않는 사람으로 유명하다. 칭찬하는 데 큰 힘이 드는 것도 아니고 돈이 드는 것도 아닌데도 그렇다. 사실 마음만 있다면 빈손으로도 할 수 있는 일이다.

이처럼 빈손으로도 할 수 있는 좋은 일이 많다. 우리는 빈손으로 박수하지만, 마음으로부터 나오는 박수는 받는 사람에게 큰 역할을 할 수 있다. '당신의 성공이 나의 기쁨이 된다' '당신의 오늘은 나를 위해서도 고마운 일이다. 더욱 힘을 내라'고 하는 마음, 진실한 내면의 깊은 샘에서 나오는 다정함과 존경심으로 하는 박수는 기쁨과 소망과 힘을 샘솟게 한다. 우리는 베드로나 요한의 말처럼 은과 금이 없어도 다른 사람을 크게 위로할 수 있다.


미국의 재벌 록펠러(John D. Rockefeller)가 어느 날 오후 거리를 걷고 있는데 한 걸인이 앞에 서면서 "한 푼 도와주세요"라고 했다. 호주머니를 뒤져 보았으나 돈이라고는 한 푼도 찾기 어려웠다. 당황한 그는 걸인에게 손을 내밀어 악수를 청했다. 악수하면서 "형제여, 미안하오. 오늘은 이것밖에 줄 것이 없소"라고 했다. 그랬더니 그 걸인은 대부호와 악수를 나눈 게 감격스러웠던지 떨리는 목소리로 "선생님, 오늘은 가장 귀한 것을 받았습니다"라고 하며 눈물을 흘렸다.

걸인은 늘 돈 몇 푼과 멸시와 천대나 받았지, 언제 인간적인 대우를 받아보았겠는가? 진심으로 미안해하며 내민 록펠러의 손, 그 빈손에는 약자를 무시하지 않는 인격–거만이 없는 강자의 겸손–이 있고, 있는 자가 없는 자를 돌보는 것을 마땅한 것으로 받아들이는 청지기 의식이 있고, 따뜻한 애정이 있었다. 이런 록펠러에 대해 감격하고 고마워하는 태도에서 우리는 빈 마음으로 주는 물질보다 인간적인 대우, 빈손으로 전해지는 따뜻한 마음이 걸인에게 더 소중한 것임을 깨닫는다.

내가 아는 A는 좋은 얼굴의 사람이다. 어떤 기대감이나 누구를 그리워하는 듯한 분위기에 강한 의지를 느끼게 하는 얼굴인데, 그 얼굴에는 항상 웃음을 머금고 있다. 비난의 소리를 들으면서도, 칭찬의 말을 들을 때처럼 웃는다. 좋게 대하는 사람에게도, 까다롭게 구는 사람에게도 모두 웃는다. 그는 '예'와 '아니오'가 분명한 사람이다. 옳다 할 때도 웃으며 말하고 거절도 웃음으로 하며, 강요하는 요청을 벗어날 때도 끝까지 웃으며 제자리를 지킨다. 장미는 어떤 땅에 심어도 장미로 피듯이 그는 어떤 일을 당해도, 누구와 함께 있어도 언제나 싫지 않은 웃음을 피운다.

그의 웃음은 혼자 웃는 미소가 아니다. 우리를 편하게 하고, 함께 웃게 하고, 말하게 하고, 활기찬 분위기를 일으키는 웃음이다. 밝으면서도 가볍지 않고, 자기를 벗어나지 않으면서도 많은 것이 수용되며, 진한 주장이 있으면서도 대립이나 억지가 없고 무더위에 커다란 그늘을 만드는 듯한 웃음이다. 그는 자신의 웃음으로 새벽이슬처럼 우리에게 알게 모르게 많은 도움을 주고 있다.


은과 금이 없어도 중요한 일을 할 수 있다. 어느 시대 어느 곳에서나 그렇지 않은 경우가 있을까마는, 오늘 우리 이웃에게는 이렇게 빈손으로 주는 가득한 인간애가 더 필요할 것이다. 예수 그리스도는 머리 둘 곳 없이 빈손으로 살면서도 인류를 위해 엄청난 일을 하셨다. 요즈음 우리 생활 가운데 물질과 자유 등은 조금 더 얻은 것 같으나 빈손으로 주고받아야 할 것은 많이 빈약해지고 있다. 빈손으로 큰일을 하신 주님의 마음을 가지고 우리 안에서 앉은뱅이 되어 있는 위로를 일으켜야 한다.

내가 받은 칭찬을 다시 생각해 본다. 되지도 않는 것을 책으로 내고 나서야 빈손으로 할 수 있는 것을 더 많이 알게 되었다.

# 장점과 단점

우리는 뽀빠이 아저씨로 불리는 이상용(李相龍) 씨를 잘 안다. 그는 키가 작고 다부지게 생겼다. 키가 평균보다 작은 정도는 고민할 법도 한데, 그로 인한 열등의식이란 찾아볼 수 없다. 그는 자신의 키에 맞는 역할을 하므로 방송과 어린이를 위한 활동을 뛰어나게 잘 해내고 있다. 만일 그의 키가 사람들이 원하는 만큼 컸다면 그의 인생과 활동이 오늘날처럼 훌륭할 수 있었을까 하는 생각이 든다. 보편적인 판단에서 키가 작은 것은 단점으로 여겨질 수 있다. 그러나 이상용 씨에게는 장점으로 나타났다.

우리말 속담에 "바늘 가진 사람이 도끼 가진 사람 이

긴다"라고 한다. 죽일 작정으로 싸우지 않으면 그럴 것이다. 월남에서, 아프가니스탄에서 실제로 그런 일이 생기기도 했다. 막강한 화력과 첨단 기술을 가진 미군이 베트남의 복잡한 밀림이나 산악 지대에서의 매복과 함정 등으로 인해 공포와 피해를 겪다가 결국 패배했다. 아프가니스탄도 험준한 지형을 이용한 무자헤딘(Mujahideen)의 게릴라전 앞에서 구 소련군은 막대한 피해를 입고 철수하고 말았다.

게다가 강한 것이 언제나 장점이 되는 것도 아니다. 외모에 있어서 장점과 단점, 성격에 있어서 장점과 단점, 이외에 지혜, 소유, 능력, 경험, 환경 등에 있어서 무엇이 장점이고 단점이란 말인가? 과연 장점과 단점이 있는 것일까? 있다면 인간적·개인적·부분적인 상황에서 오도되고 오해된 데서 나왔을 것이다. 일례로 안데르센(Hans Christian Andersen)의 단편 동화 『미운 오리 새끼(Den grimme ælling)』에서 백조라도 오리 떼 속에 있으면 미운 오리 새끼로 인식되는 것과 같다.

파선을 당한 사람들이 어느 무인도에 이르렀다. 그 섬

에는 금광이 많았다. 사람들은 금을 캐는 데 힘쓰느라 농사를 짓지 못했다. 그래서 모두 굶어 죽었다. 장점이니, 단점이니 하는 가치관의 잘못 때문이다. 좋은 그릇도 그렇다. 그릇이면 다 좋은 것이다. 만든 목적에 맞게 쓰이기만 하면 된다. 창조자의 뜻을 분별하고 따르는 것이 중요하다.

예수님은 "애통하는 자는 복이 있나니"라고 하셨다(마태복음 5:4). 바울은 자신이 약할 때 더욱 하나님을 의지했고, 그때 보다 힘있게 일했다. 그래서 그는 "내가 약한 그때에 강함이라"(고린도후서 12:10)고 했다.

못났다고 고민하는 것이 자기에게 있다면 하나님께 울어라. 그리하면 그것이 바로 자신을 훌륭하게 만드는 문이 될 것이다. 하나님 앞에서는 단점이란 전혀 없다. 장점과 단점으로 나누는 우리의 사고가 문제일 뿐이다.

# 거울과 창문

우리네의 생활은 점점 핵화(核化)되거나 개인화되어 가고 있다. 이럴 때 우리는 사회보다 집안의 생활, 나아가 방안의 생활이 더 많아지고 중요하게 된다. 이 말에는 상징적인 면도 강하게 포함되어 있다. 개인 중심의 생활이나 방안에서의 생활에는 거울과 창문이 있다. 거울은 우리 자신을 보여줄 뿐 아니라 자기를 살피고, 고치고, 꾸미게 한다. 즉 자신을 살피고 돌보는 데 매우 중요한 물건이 거울이다.

거울과 사진기가 없었다면 자기 얼굴도 알 길이 없는 것처럼 깨어서 자기를 살피지 않고 훌륭해질 수 있는 사람은 없을 것이다. 하나님이 우리를 구원하실 때도 우리 자신의 실상을 보여주셔서 회개케 하신다. 우리에게는 거울의 역할을 하는 것이 몇몇 있다. 자신의 욕심과 양심 그리고 다른 사람과 비교하는 것이며, 나아가 진리가 우리 자신을 깨우친다. 그래서 거울이 좋으면 우리 자신을 깨우치게 된다. 반대로 거울이 좋지 않으면 이기주의자로 만들기도 한다.

이런 이야기가 있다. 옛날 어느 성에 왕이 살고 있었다. 이 왕은 자고 일어나면 거울을 들여다보고 얼굴에 화장을 하면서 좋은 옷으로 치장했다. 자기 자신을 보며 만족하고 흐뭇해하면서 자랑하기 위해 매일 시간을 보냈다. 정력과 재력을 거울 앞에서 사치하는 데 소비하고 있었다.

그러나 담 하나를 넘으면 성밖에는 중노동을 하고도 굶주리는 백성들이 살고 있었다. 이런 사정이 안타까워 용감한 신하 하나가 어느 날 밤에 왕의 거울을 들어내고 그 자리에 창문을 내었다. 실로 용기 있는 충신이었다.

그다음 날 늦잠에서 깬 왕이 전과 같이 거울이 있던 자리에 섰을 때 화려한 자기 모습은 볼 수 없었다. 대신 아침 일찍부터 나와 험한 일을 바쁘게 하고 있는 굶주린 어린 소년과 노인을 비롯한 남녀노소들을 보았다. 왕은 그들이 자기 백성임을 깨달았다. 그리고 크게 반성하면서 성 밖으로 나가 가난한 자기 백성을 위해 봉사하는 훌륭한 왕이 되었다고 한다.

왕은 창문을 통해 이웃을 보았고, 그 이웃들을 통해 자기를 보았다. 즉 창문을 통해 마음을 열었던 것이고, 왕궁의 문을 나서면서 훌륭한 삶을 창조했다. 창문은 방안의 어두움과 탁한 공기를 내쫓고 바깥의 신선한 빛과 공기를 들여보낸다. 그리고 하늘과 이웃을 보여 준다. 안과 밖을 순환하게 하고 교제하는 가운데 안을 새롭게 하는 것이 창문이다.

우리 각자가 사는 방에 거울과 창문이 왜 있어야 하는지 한번 생각해 보자. 거울만 있고 창문이 없으면 안 된다. 그렇다고 거울이 없는데 창문만 있어서도 안 된다. 거울과 창문이 함께 있는 사람이 되자.

거울로 회개와 믿음의 성장을 하고, 창문으로는 우리 모두를 위해 기도하고 봉사하는 진보를 일궈 가도록 늘

힘써야겠다. 살아온 한 해를 뒤돌아보고 또 새로운 한 해
가 열리는 이때 거울과 창문을 통한 교훈을 깊이 생각해
보자.

# 국화의 죽음

매화, 국화, 난초, 대나무(梅蘭菊竹) 또는 그것들을 그린 그림을 학식과 덕망이 높은 사람에 비유해 사군자(四君子)라고 일컫는다. 난초와 대를 높이 평가한 것은 그 모양에서 깨끗함과 불변의 의지와 고고함을 느끼는 까닭이다. 또 매화와 국화는 꽃도 아름답지만, 그보다 그 꽃이 피는 시기의 특수성 때문에 모양과 인격의 높은 표준으로서 표상 역할을 하게 된 것이다.

매화는 추위가 매운 겨울에도 꽃 피려는 의지를 죽이지 않고 있다가 겨울의 패배를 알리며 피는 예언적인 꽃이기에 좋다. 국화는 다른 꽃들이 봄여름에 다투어 피는 유행을 따라 요염해지려 하지 않고 최후의 꽃이 되어 변하는 세상인심을 질책하는 듯한 것이 좋다. 그러므로 국화의 생명은 여름을 이겨내는 일편단심이다. 삼월 동풍(三月東風: 따뜻한 봄바람)의 유혹을 다 이겨내고 낙목한천(落木寒天: 나뭇잎이 다 떨어진 추운 겨울날)에 피는 의지가 바위와도 같아야 한다. 그래야 그 색깔, 그 모양이 우리의 눈에 돋보이고, 우리네 마음에 다시 피어 노래가 되고 숭앙받는 꽃으로 생활인의 정신에 살아 있게 되는 것이다.

그런데 우리는 계절을 잃은 많은 국화를 본다. 가을을 기다리지 못하는 사람들이 가을에 피는 국화의 생리를 만족시켜 주고 국화로부터 가을을 빼앗아 간다. 이런 집요한 유혹 때문에 국화는 온실에서 겨울, 봄, 여름에도 피어난다. 가을이 아니어도 국화의 외모는 늘 그대로지만, 국화의 의미나 사군자로서의 국화는 죽은 것이다.

국화의 죽음은 다른 꽃처럼 꽃잎이 썩는 게 아니라 꽃 피어야 할 시기를 버리는 것 아닐까? 하나의 국화가 시인의 노래에서 살기 위해서는 가을에 피어야 한다는 것보다 더 중요한 것은 없다. 비바람이나 짓밟힘 없이, 기다림의 아픔도 없이 온실에서 적당한 온도와 영양 상태에서 살겠다는 욕망보다 가을에 피어야 한다는 의지가 더 강해야만 한다. 그런데 우리의 주위에는 모양만 국화이고 얼이 죽은 국화들이 너무나 많다.

이것이 비단 국화만의 이야기겠는가? 우리가 사는 사회에는 국화를 죽이는 온실과 같은 유혹으로 가득 차 있다. 즉 자기를 지켜야 한다. 국화에게 있어서 생명이 되는 때와 같은 것이 우리 각자에게 있다. 성인이 된 후에 한다면 자연스러운 일을 연소자가 호기심으로 미리 저지르는 것이나, 자기 때를 기다리지 못하고 너무 빨리 피고자 서두르는 것 때문에 죽은 국화처럼 되는 경우가 많지 않은가? 누구를 사랑하는 것도 그렇다. 때 이르게 사랑을 고백하면 싱거워질 뿐 아니라 모욕이 되는 경우도 있지 않은가?

온 세계에 웃음거리가 되고 우리를 경악케 한 지난 1995년 6월 29일의 삼풍백화점 붕괴 사고는 무엇인가? 물질만능주의 사상과 이기주의가 '잘살아 보자'라고 한 결과로 빚어진 부실 공사 때문이다. 왜 부실 공사를 한 것인가? 빨리 성공하자, 남보다 더 빠르게 부자가 되자, 조금이라도 속히 더 쉽게 목표를 달성하자, 꽃만 피우고 보자. 이런 바쁜 발걸음에는 안전, 양심, 도덕 같은 것이 살아 있을 수 없기 때문이다.

이런 현상이 삼풍백화점만의 일이겠는가? 생명과도 같은 때를 버린 국화가 너무나도 많이 피어 있다고 생각지 않는가? 이런 일이 교회와는 관계가 없는 것인가? 나와는 무관한 것인가? 그런 일의 불씨가 되지는 않았는가? 죽은 국화들이 판을 치는 위기에 교회는 신문을 들고 돌이나 쥐고 있을 때인가? 마음을 찢는 회개는 누구부터 해야 하겠는가?

꽃이 화려하지 못하고 빈약해도 기다리고 기다려 가을에 피는 국화가 좋다. 매사에 있어 국화로부터 가을과 같은 때를 잘 헤아리는 지혜를 얻기 위해 우리는 더 많이 기도해야 한다.

# 눈과 크리스마스

겨울눈이 내린다. 개가 좋아라 하고 어린아이들이 기다리는 눈이 내린다. 봄, 여름 그리고 가을도 떠난 삭막한 대지에 눈이 내린다. 구름 속의 백혈구 같은 흰 눈이 하늘에서 땅까지 축제의 장을 열며 내린다.

내리는 눈송이들은 사랑하되, 오직 그 하나만 사랑하여 백발이 된 것 같다. 꽃 모양을 한 것이며, 흰색이며, 부드러움이며, 쉬이 희생함이며, 그 모든 것이 사랑하려는 자기 마음을 이기지 못해 억척같이 목숨도 버리는 그런 순결함 같다.

머리 둘 곳도 없이 모두 바치고 언제나 하얗게 '빈 통
장'으로 사신 그분. 많은 사람의 '검은 죄'를 대신 속죄하
기 위하여 몸의 피 다 쏟으시고, 하얀 몸 크게 빛나는 부
활을 하신 그분. 우리에게 오셔서 하얀 생명, 하얀 마음,
그리고 하얀 무리를 온 땅에 일으키시는 그분을 찬송하
도록 겨울의 한복판에 눈이 내린다.

성탄의 계절이 되면 나는 무엇보다 눈을 기다린다. 이
보다 더 적절한 크리스마스 장식은 없기 때문이다. 그런
데 그런 눈이 나의 동서남북에서, 나의 마음 안동네에서
북소리를 내며 내린다. 보내는 이의 목이 쉰 사랑, 기다
리는 이들의 열리는 기쁨, 이것인 듯 저것인 듯 눈은 쉼
없이 내린다. 짐승 같은 탕자의 땅 위에 깨끗한 수의를 더
럽히는 주검으로 젖어 있던 겨울의 땅을 사랑하듯, 용서
하듯, 입맞춤하듯 아버지의 마음같이 수북수북 눈이 내
린다. 은 삼십(마태복음 26:15)의 빛깔로, '삭개오(Ζακχαῖος: '순
수함'을 의미)'의 집 마당의 개를 사랑함으로, 어린이를 위하
는 산 같은 의지로, 파도치는 그 마음으로 쌓인다.

외로운 사람들, 헐벗은 사람들, 목이 타는 사람들의 대
지에 쌓이고 쌓이던 것들은 따듯한 햇살에 빗질이 되어

봄을 기다리는 땅에서 피 같은 눈(雪)물이 된다.

보내시는 이의 사랑으로 하늘에서 오신 그리스도를 생각하며 눈을 예찬해 본다.

- 1995년 12월 23일 「부산일보」 게재

# 꽃과 사진

　시상식이나 졸업식 또는 큰 행사처럼 축하할 만한 일이 있는 곳에서 꽃다발을 건네는 모습, 박수를 보내는 장면, 사진을 찍어주는 모습을 흔하게 볼 수 있다. 꽃다발을 선사하며 박수하는 데는 잘했다, 훌륭하다, 수고했다, 축하한다, 성공을 함께 기뻐한다, 더욱 발전하기를 기원한다는 뜻이 내포되어 있다. 또 '오늘의 그대는 이 꽃처럼 아름답고 영광스럽다'라는 표시이기도 하다. 사진을 찍어두는 이유는 이 기념할 만한 일을 오래오래 기억하고 잊지 않겠다는 뜻이기도 하다. 오늘 우리 사이를 발전시켜 나아가자는 결의와도 같은 것 아니겠는가?

나는 좀되고 촌스러운 정도가 심한 편이어서 꽃과 사진으로 축하해 주는 일을 못한다. 그러니 그런 걸 받는 일도 거의 없다. 지금의 기억으로는 신학대학원을 졸업할 때 처음으로 꽃을 받아 보고 꽃을 건넨 사람들과 같이 사진을 찍어 본 듯하다. 그 후로는 그럴 기회가 종종 있었다. 또 다른 사람에게 꽃을 선물하고 사진을 찍어주는 곳에서 '내 마음도 그렇습니다'라는 뜻으로 박수하기도 했다.

그렇지만 간혹 나 자신에게 묻는다. 꽃을 주고 사진 찍는 일에 진심으로 박수했느냐고, 손뼉을 치며 축하해 준 마음을 지금 얼마나 가지고 있느냐고, 박수해 주었던 그들을 얼마나 본받고 발전시키고 있느냐고 말이다. 이럴 때면 나는 『신 아라비아 야화』『보물섬』『지킬 박사와 하이드』 등의 작품으로 널리 알려진 영국의 소설가이자 시인 스티븐슨(Robert Louis Stevenson)의 일화를 생각해 본다.

스티븐슨은 결코 잊지 못하는 어릴 적 아름다운 기억을 전하고 있다. 스코틀랜드의 수도 에든버러(Edinburgh)에서 자란 그는 늘 자기 집 창문을 열고 마을의 일상을 보곤 했다. 점등원 할아버지가 하루의 어두움이 내릴 무렵이면 매일 거리를 내려가면서 가스등에 하나씩 불을 붙이는 광경을 보았다. 특별히 그의 기억에 남았던 것은 할아버지가 항상 자기 뒤로 불을 남기고 간 것이다.

어린 스티븐슨은 점등원 할아버지의 일에 대해 꽃을 드리고 박수하는 마음으로 사진을 찍어 간직하고 있었다. 어릴 적 아름다운 느낌으로 기억하던 것이 이후에 교훈적인 한 표상으로 마음에 다가와서 '지나간 뒤엔 빛을 남기는 사람'이 되자는 다짐을 하곤 했다.


자기가 지나갈 곳에 빛을 남기는 사람, 오래오래 기억되면서 생각나는 사람, 생각할수록 삶의 의미와 보람이 무엇인지 깨닫게 해 주는 사람, 지혜와 의욕과 희망을 불러일으키는 사람, 옳은 것과 유익한 것과 아름다운 것 등을 이끌어 내고 발전시키는 사람, 진한 형제애를 일깨워 주는 사람, 본받을 만한 사람 등 그런 사람이 꽃다발을 받을 만하고 사진으로 찍어둘 만하게 살고자 노력하는 사람 아니겠는가? 그러나 요즈음엔 자신에게 꽃을 주고 사진을 찍어준 사람들을 실망시키는 사람이 적지 않다.

한곳에 영원히 머무는 사람은 없다. 언젠가는 떠나게

될 것이고, 떠난 곳에는 자기가 원하든 원치 않든 눈에 보이는 것과 보이지 않는 것을 남긴다. 눈에 보이는 것은 잠깐이고, 보이진 않으나 아는 이들의 기억으로 말미암아 심상(image)으로 남는 것은 오래간다. 혹은 유익했던 사람이나 무익했던 사람으로 기억되기도 한다. 하지만 우리 자신을 백해무익했던 사람으로 남길 순 없지 않은가?

꽃으로 기억되고 사진으로 기념하듯이 자기를 좋은 심상으로 기억시키는 것이 얼마나 좋은 일인가? 사람은 누구에게나 자기 역할이 있다. 다른 사람으로부터 주어진 역할이 있고, 스스로 찾아서 하는 것도 있다. 이 역할을 훌륭하고 충분히 해내는 사람이 사람답다, 아름답다 할 것이다.

# 각목과 공 그리고 이력서

　각목은 네모진 긴 막대다. 건물을 짓는 과정에 많이 사용된다. 콘크리트 양생할 때 거푸집 틀이나 받침이 되기도 하고, 높은 곳에서 일할 때 일꾼들이 설 수 있는 비계의 디딤대가 되기도 한다. 그래서 각목은 밟히기도 하고, 두들겨 맞기도 하고, 눌리고, 찢기고, 못에 박히고, 더럽혀지고, 부스러지고, 잘리고, 깨지기도 한다. 각목의 이런 수난을 통해 지어지는 건물은 그 규모와 모양이 드러나게 되고 내부와 외부가 실용과 미를 갖춘 건물로 완성되어간다. 새 건물이 들어서기 위해 희생되는 상처투성이 각목들에서 살신성인의 한 유형을 본다. 고귀한 감동이 잔잔히 느껴져 온다.

좋은 나무를 기른 거름 같은 것, 그 땅 같은 것, 자녀를 훌륭히 길러 낸 희생이 늙음에 가득 담긴 어버이의 아름다움 같은 것, 오직 다음 세대 교육에 정성을 다하고 보람에 웃는 스승의 가난 같은 것, 작품을 위한 예술가의 각고 같은 것, 조국을 적으로부터 지키다가 산화한 선열들의 묘지 같은 것, 자유를 위한 선각자들의 희생 같은 것, 블레셋에게 빼앗겼던 하나님의 법궤를 벧세메스로 운반하고 번제물이 된 두 암소 같은 것이다(사무엘상 6:14).

그리고 우리를 죄에 대하여 죽고 의에 대하여 살게 하신 예수 그리스도를 본받은 바울의 전도 생애를 생각나게 한다. 그렇게 생각하니 험해진 각목에서 아름다움과 은혜로움이 더욱 강렬하게 다가온다. 교회당의 십자가를 이런 각목으로 만들면 좋겠다는 생각도 해 본다.


예전에 교회당을 건축하고 나서 이런 각목들이 치워지는 자리에 버려진 축구공 하나를 보았다. 낡고 찢긴 데다 그 공을 탄탄하고 용맹스럽게 했던 바람도 빠져 버린 것이다. 그것을 주워와서 의자 앞에다 놓고 한참이나 생각했다.

　채이고, 맞고, 구르고, 부딪치고, 망가지고, 새것에서 헌것이 되고, 쓸만한 것에서 쓸모없는 것이 되어 버렸다. 그리고 소중한 것에서 버린 것이 되고, 힘이 없어지고, 주관이 없어지고, 바보처럼 되고, 누구나 마음대로 할 수 있는 그런 것이 공인 것 같았다. 쓰일 대로 쓰이고 버려진 공을 보고 있노라니 처량하고 불쌍하게 느껴졌다. 축구 경기 중에는 그렇게도 정신없이 왔다 갔다 하는데 그 마지막 모습이 이런 것이란 말인가?

　연극에 비유하면 이것이 희극이 아니라 비극의 주인공 아니겠는가? 그렇다. 공은 비극의 주인공이다. 비극의 주인공은 자신의 행복보다 그의 역할이 주는 교훈에서 가치 평가를 받게 된다. 공도 그렇다. 공의 역할은 크고 놀라운 것이다.

　축구장에서 얼마나 많은 선수들이 오랜 시간과 노력을 들이는 데도 공을 마음대로 못 다뤄서 애를 쓰는가? 그 애씀을 온몸으로 받아주는 공, 그 공의 망가짐을 통해 훈련된 선수들의 모습을 생각하면 약한 것 같으나 많은 사람을 강하게 하고, 불쌍한 것 같으나 많은 사람을 행복하게 하고, 잃어버린 것 같으나 많은 것을 얻게 하고, 실패한 것 같으나 많은 사람을 승리하게 만드는 등 자신은 비극의 주인공이 되면서까지 많은 사람을 희극의 주인공으로 키워 낸다. 한 알의 밀이 땅에 떨어져 죽어서 많은 열매를 맺음과 같은 위대한 생의 모습이 어떤 것인지 깨우쳐 준다.

경기장의 공은 더욱 바쁘고 그 역할도 중요하다. 누가 잘하는가? 어느 팀이 우세한가? 승자는 어느 편인가? 오직 자기희생을 통해서 그것을 판가름해 내는 것이다. 부귀를 위해서가 아니다. 어쩌면 법을 다루는 검사와 판사가 이래야 할 것이다. 선거에 임하는 국민도 이러했으면 참으로 좋겠다. 신문과 방송 같은 언론이 이럴 수는 없을까? 이 나라의 비리를 조사하는 사람들이 이러해야 하지 않을까? 종교가 이 땅에서 진리를 이 공만큼 밝힐 수 있었으면 좋겠다. 그래서 우리는 죄와 하나님의 공의와 사랑을 완전히 드러낸 예수 그리스도의 십자가를 찬송하게 된다.


주님의 하늘과 땅

무거운 어두움

그 진한 어둠을 태워서

빛이 됩니다


주님의 얼굴 깨어지고

엘리 엘리 엘리

엘리…

그 소리로 타 내리는

촛불입니다


나는 버려진 공을 쳐다보고 있다가 종이에 이렇게 써 본다. 공은 힘이 없는 것 같으면서 힘이 있으며, 말이 없는 것 같으면서 가장 확실하게 말하고 있으며, 주관이 없는 것 같으면서 아무도 의심이나 부인을 할 수 없게 판정을 내리며, 바보 같으나 가장 똑똑하며, 누구나 마음대로 할 수 있을 것 같으나 그 누구도 완전히 마음대로 할 수 없는 것이다. 건축에 사용되는 각목이나 경기에 쓰이는 공에서 볼 수 있는 그런 희생을 배경으로 하지 않고 이루어지는 성공은 아무것도 없을 것이다.

각목과 공을 앞에 두고, 마침 책상 위에 놓인 나의 이력서를 보니 그렇게 초라할 수 없다. 이력서는 요약된 자서전이라는데, 젊을 때는 학력을 자랑하지만 나이가 들수록 사회 경력을 중요시한다. 인품이 천박할수록 화려한 내용을 좋아하지만, 수양이 된 사람은 도덕성과 봉사를 두드러진 이력으로 꼽는다.

각목과 공과 같으면서도 그리스도를 위한 이력서가 되어야 훌륭한 이야기인 것이다. 사사기 12장 8~10절을 기억하자.

그 뒤를 이어 베들레헴의 입산이 이스라엘의 사사가 되었더라 그가 아들 삼십 명과 딸 삼십 명을 두었더니 그가 딸들을 밖으로 시집 보냈고 아들들을 위하여는 밖에서 여자 삼십 명을 데려왔더라 그가 이스라엘의 사사가 된 지 칠 년이라 입산이 죽으매 베들레헴에 장사되었더라

이것은 입산의 이력서다. 민족을 위해 살아야 할 사사의 신분과 권위로 자기 아들딸들을 하나님의 말씀을 위반하고 호화 국제결혼을 시킨 것들만 남긴, 참으로 부끄

러운 이력서다. 이런 이력서를 남기는 사람들이 요즈음 우리 사회에도 많다.

한 건물의 건축 과정에서 각목은 중요하게 사용된 후 물러나고, 공은 연습장이나 경기장에서 바쁘게 활동하다가 물러난다. 물러날 때는 험하기가 심할수록 자기 역할의 이미지와 가치가 더욱 돋보인다. 각목과 공 앞에서 예수님의 이력서를 생각하고, 또 예수님을 본받은 바울의 이력서를 생각하면 내 마음이 무거워진다. 바울은 우리에게 "내가 그리스도를 본받는 자가 된 것 같이 너희는 나를 본받는 자가 되라"(고린도전서 11:1)고 한다. 부끄러움 없이 이렇게 권면할 수 있어야 하는데….

- 1995년 계간 「크리스찬 문학」 가을호 게재

# 유언과 혈서

사람은 생각하며 살고, 말하며 살고, 행동하며 산다. 그러다가 어느 날 생의 마지막 순간을 맞게 된다. 그때 변화의 절정을 맞은 자신의 현존을 의식하며 지상에서 생각하고 말할 수 있는 최후의 기회임을 깨닫는다. 그는 울다 남은 눈물을 흘리듯, 남겨둔 웃음을 웃듯 가슴 속 마르는 샘물을 뜨면서 꺼져가는 불을 애써 켠다. 그리고 살다 살다 말했지만, 그래도 남은 할 말을 재촉받으면서 하고 간다.

유언의 내용도 제각각이고 그것을 듣는 대상도 다 다르다. 그러나 공통점이 있다. 그것이 또한 유언의 특징이기도 하다. 유언은 최후의 기회에 말하는 것이고 그렇기 때문에 미룰 수 없고 수정할 기회가 다시 없는 상황에서 최선을 다한 말이라는 것이다.

우리는 물을 쏟듯 현재라는 시간을 쓰며 살고 있다. 임종에 임한 사람들이 이 세상을 하직하듯 죽어 가는 시간을 하직하고 있는 것이다. 현재는 끝없이 과거가 되어가고 과거가 되어 버린 그 시간은 죽은 시간이다. 영원히 우리에게 돌아오지 않는다. 우리가 시간을 떠나는 것인지, 시간이 우리를 버리는 것인지 알 수 없지만, 우리는 이런 시간 속에서 주어진 기회를 살고 있다.

그러면 우리는 어떻게 살 것인가? 유언하듯 행동할 수는 없을까? 미루지 않고 후회되지 않게 진지하게 살자는 것이다. 유언하듯 오늘을, 유언하듯 내게 주어진 일들을 하자는 것이다. 하나님 앞에서 말씀을 따라 살자는 것이다. "세월을 아끼라 때가 악하니라"(에베소서 5:16)고 했다.

죽는 날까지 하늘을 우러러

한 점 부끄럼이 없기를,

(중략)

별을 노래하는 마음으로

모든 죽어가는 것을 사랑해야지

그리고 나한테 주어진 길을

걸어가야겠다.

(하략)


윤동주의 「서시」에서 드러나는 삶을 종말론적 삶이라
고 한다. 이어령 씨는 수의문화(壽衣文化)라고 했다. 이런
자세로 산다면 우리 삶이 훨씬 엄숙해질 것이다. 선하고
아름다워질 것이다. 순간순간을 마지막 기회로 생각하고
사는 모습이 종교적일 것이다.


혈서는 피로 쓴 글이다. 동물의 피로 쓴 것이 아니다.
혈액은행에 있는 피도 아니다. 남의 피로서도 아니다. 타
력에 의한 상처에서 나온 피로 쓰는 것도 아니다. 마음에
쌓이고, 아리고 몸부림하던 한 덩어리 소리가 용암이 되
어 분출된 것이다. 스스로 손가락에 상처를 내고 쏟는 그
피로 쓴 글이다. 악다문 이빨보다 더 힘있게 외치고 있는
혈흔이다. 그래서 혈서는 길지 않다. 그러나 소설보다도
긴 사연을 전한다. 웅변보다도 더 힘 있고 감동적이다.

혈서는 정당한 요구가 받아들여지지 않을 때, 법에 호소해도 안 될 때, 뜻을 같이하는 사람들이 모여 데모해도 되지를 않을 때 쓴다. 그래도 꼭 해내야 한다는 결단, 그리고 결코 물러설 수 없는 일을 이루기 위해서 결사적인 사람이 자기 피로 혈서를 쓰는 것이다. 잘못을 청산하고 새로운 시작을 열기 위해서 하는 것이다.

만약 우리가 일의 시작을 혈서를 쓰는 사람과 같이한다면 성공 확률이 굉장히 높아질 것이다. 그리고 군더더기가 없어질 것이다. 운동선수가 경기하듯 살 것이다. 목적에 집중된 삶이 될 것이다. 사치하지 않을 것이다. 방탕하지 않을 것이다. 힘을 낭비하지 않을 것이다. 아름답게 다듬어진 삶이 될 것이다. 가능성이 그의 앞에 활짝 열릴 것이다. 특히 언어생활에서 혈서를 쓰듯 줄이고 다듬는다면 그 말의 영향력이 배가 될 것이다. 이어령 씨가 말하는, 미래와 가능성만을 생각하는 기저귀 문화(생물학적 의존 상태인 아기가 '먹는 것'과 '누는 것'을 문화적으로 학습하는 과정을 '기저귀'를 통해 설명한 개념)를 우리 젊은이들이 혈서 쓰듯 한다면 훌륭해질 것이다.

유서를 쓰듯이, 혈서를 쓰듯이 끝과 시작이 함께하고

의욕과 다듬는 자세가 조화된 삶은 훌륭할 것이다. 그렇
게 사는 데 하루하루 성공한다면 그 마지막은 위대해질
것이다.

# 작은 일과 행복

'작은 일' '작은 것'이라는 말의 반대말은 '큰일' '큰 것'일 것이다. 그러나 작은 일과 큰일이 서로 대립되는 것은 아니다. 작은 것 없이 큰 것이 있을 수 없는 법이다. 천릿길도 한 걸음부터이고, 적은 물이 모여 시내가 되고, 강이 되고, 바다가 된다.

또한 큰 것이 없이는 작은 것의 보람이 있을 수 없다. 작은 씨알은 큰 열매, 많은 열매를 위해 땅에서 죽는 것 아닌가? 작은 것을 소중히 여기지 않고서는 큰 것을 이룰 수 없다. 많은 것을 소망하지 않고는 적은 것을 모을 수 없다.

작은 일에나 적은 것에 소홀하다가 큰 피해나 손실을 입는 경우가 흔하다. "바늘 도둑이 소도둑 된다" "바늘구멍으로 황소바람 들어온다" "호미로 막을 것을 가래로 막는다"는 속담은 옳은 말이다. 물건을 만들거나 건축을 하거나 인간관계에서 작은 부분에 주의를 기울여야 한다.

거대한 우주를 창조하시고 우주를 그의 뜻대로 다스리시는 큰 왕이신 하나님은 천국, 곧 하나님 나라를 밭에 심긴 겨자씨에 비유하셨다. 씨 중에 제일 작은 겨자씨처럼 작은 것에서 시작하여 크게 되는 것으로 비유하신 것이다. 소자를 소중히 여기시고, 은밀한 중의 작은 일도 중대히 보시고, 작은 일에 충성한 자를 크게 기뻐하면서 칭찬하고 많은 것으로 보상한다고 하셨다.

이 작은 것을 소중히 여기는 사람은 어떤 사람일까?

아이들과 가난한 사람들이다. 그들은 작은 것에도 관심이 크고 작은 일에도 성실하다. 작은 성취에도 만족해하며 작은 선물에도 크게 감사해한다. 소박한 여건에서도 행복해하고 옷이나 생활용품이 고급이 아니더라도 열등감에 끌리지 않는다. 그들은 변변찮은 음식도 맛있게 먹는다. 작은 것을 아낄 줄 알고 사랑하는 사람은 마음이 온유하고 겸손하며, 마음이 가난한 사람이다. 항상 평온할 수 있는 사람이고 복 있는 사람이다.

큰 것, 많은 것, 고급이라야 되는 사람, 큰 것에도 작게 만족하는 사람은 그가 누리는 기쁨이나 보람을 생각해 보면 그 행복이 초라한 것은 아닌가? 작은 것에 감사할 수 있고 소박함 속에서도 행복해하는 사람은 남이 볼 때 '작은 행복자' '초라한 행복자'로 보일런지 모른다. 그러나 그들이야말로 '큰 행복자'요, '화려한 행복자'들이 아니겠는가?

우리 주변에는 외형을 중요시하고 큰 것만 찾는 사람들이 너무 많다. 행복은 부자들만의 것이 결코 아니다. 집이 크다고 행복이 큰 것은 아니고, 음식이 고급이라고 해서 누구나 맛있게 먹을 수 있는 것도 아니며, 침대가 좋다고 하여 달게 잘 수 있는 것은 아니잖은가? 행복과 건강을 위한 입맛과 단잠 등은 작은 것에 자족할 수 있어야 얻는 것이다. 크고 화려하고 질 좋은 행복을 원한다면 진실된 내면에 작은 일을 사랑하는 마음을 가져야 할 것이다.

겨울 눈이 내린다. 개가 좋아라 하고 어린아이들이 기다리는 눈이 내린다. 봄 여름 그리고 가을도 떠난 삭막한 대지에 눈이 내린다. 구름 속의 백혈구 같은 흰 눈이 하늘에서 땅까지 축제의 장을 열며 내린다.

내리는 눈송이들은 사랑하고 사랑하고 오직 그 하나만을 사랑하여 백발이 된 것 같다. 꽃모양을 함이며 흰색이며 부드

엇보다도 눈오기를 기다린다. 이보다 더 적절한 크리스마스 장식은 없을 것으로 생각하기 때문이다.

그같은 눈이 나의 동서남북에서, 나의 마음 안동네에서, 북소리를 내며 내린다. 보내는 이의 목이 쉰 사랑, 기다리는 이들의 열리는 기쁨, 이것인 듯 저것인 듯 눈은 쉼없이 내린다. 짐승같은 탕자의 땅 위에, 깨끗한 수의를 더럽히는

## 눈과 크리스마스

러움이며 쉬이 희생함이며 그 모든 것이 사랑하고자하는 자기 마음을 이기지 못해 억척같이 목숨도 버리는 그런 순결함 같이 보인다.

머리 둘 곳도 없이 다 바치고 언제나 하얗게 「빈 통장」으로 사신 그분. 많은 사람을 부유하게 하시고 아무 것도 없는 자가 되신 그분. 많은 사람의 「검은 죄」를 대신 속죄하기 위하여 몸의 피 다 쏟으시고 하얀 몸, 크게 빛내는 부활을 하신 그분. 우리에게 오셔서 하얀 생명, 하얀 마음, 그리고 하얀 무리를 온 땅에 일으키시는 그분을 찬송하도록 겨울의 한 복판에 눈이 내린다.

성탄의 계절이 되면 나는 무

주검으로 젖어 있던 겨울의 땅에 사랑하듯, 용서하듯, 입맞춤하듯, 아버지의 마음 같이 수북수북 눈이 내린다. 은전 삼십의 빛깔로 「삭개오」의 집 마당에 개를 사랑하며 어린이를 위하며 산같은 의지, 파도치는 그 마음으로 쌓인다.

외로운 사람들, 헐벗은 사람들, 목이 타는 사람들의 대지에 쌓이고 쌓이던 것들은 따뜻한 햇살에 빗질이 되어, 봄을 기다리는 땅에 피같은 눈(雪)물이 된다.

보내시는 이에 사랑으로 하늘에서 오신 그리스도를 생각하며 눈을 이같이 예찬해 본다.

<목사·북구 주례제일교회>

# 제 3 장

## 찐쌀 같은 사람,
## 그렇게 빚어 가신다

# 재수 좋은 날

스물여섯 되던 해의 여름방학을 이용해 수련회에 참가한 적이 있다. 장소는 해인사 근처였고, 참가 인원은 약 30명이었다. 3박 4일 동안 계속된 수련회는 재미있고 유익했다. 돌아오는 날 우리는 정기 운행 버스를 이용했고, 대구행 버스에 미리 올라 모두 자리를 잡았다. 출발 시간이 거의 다 됐을 때 빈자리라고는 없었고 몇 사람은 서 있기까지 했다.

그때 60대 할머니 한 분이 타서는 내 곁에 서서 숨을 거칠게 쉬고 있었다. 자리를 양보했다. 당시 나는 몸이 매우 약하고 피로한 상태였다. 대구까지 약 3시간 거리인데, 비포장도로라 어지러울 지경이었다. 게다가 대구에서 부산까지 다시 4시간을 열차에서도 서 있어야만 했다. 결국 장질부사(腸窒扶斯; 장티푸스균에 의해 발생하는 전염병의 하나)를 앓게 되었고, 시골집에 갔을 때 다시 재발하면서 70일간 환자 노릇을 했다. 고통스럽고 지루했다. 오늘의 나처럼 이렇게 약질이 된 것도 그때부터였다.

시골 의사가 말하기를, 너무 허약했을 때 병균을 만났기 때문이라고 했다. 사실 나는 그 허약의 원인이 할머니에게 자리를 양보한 일이 결정적 동기일 것이라 믿고 있었다. 속으로는 '해인사에서 돌아오던 날 그 할머니가 내 옆에 설 게 뭐냐? 재수 없게 말이야'라고 늘 생각했다.

언젠가 다시 이 일이 생각났을 때 마음속 어딘가에서 '그게 왜 재수 없는 것인가' 하는 강한 반론을 느꼈다. 나보다 더 약한 사람을 위해 자리를 양보한 것 때문에 설사병을 앓게 됐다고 해도 그것이 재수 없는 것인가? 피곤하지 않기 때문에 자리를 양보하는 것보다 고난을 각오하고 남을 돕는 것이 더 훌륭하지 않은가? 더 훌륭한 일을 할 수 있었던 날은 재수 없는 날이 아니라 재수 좋은 날이 아니겠는가?

"범사에 여러분에게 모본을 보여준 바와 같이 수고하여 약한 사람들을 돕고 또 주 예수께서 친히 말씀하신 바 주는 것이 받는 것보다 복이 있다 하심을 기억하여야 할지니라"
(사도행전 20:35)

이웃과의 평화를 위해 땀 흘린 날, 손해를 본 날, 바보가 된 날, 주와 함께 죽는 날, 주를 위해 죽는 날, 재수 좋은 날, 곧 사마리아인이 선한 사마리아 사람이 되는 날이다. 이 사실을 깨달은 지금에도 미련하게 재수 좋은 것과 재수 나쁜 것을 생활 속에서 착각할 때가 많다.

# 좋은 나무 기르기

옛날 어느 수도원에 희귀한 묘목 두 그루가 생겼다. 거기 거하던 두 수도사는 한 그루씩 맡아 심었다. 한 수도사는 잘 길러 보겠다는 다짐을 하며 쾌적의 땅을 골라 심어 놓고 좋은 거름과 물을 적절히 주었다. 그리고 하나님께 기도했다.

자기가 맡아 심은 나무에 순풍만 불고 폭풍이 몰아치지 않기를, 단비만 내리고 폭우가 그 위에 쏟아지지 않기를, 항상 따듯한 햇살만 내리고 무더위나 심한 추위는 오지 않기를, 병해가 없기를, 모자라거나 지나치지 않게 적절한 날씨, 영양, 습기 등이 유지되기를 기도했다. 그대로 되었다. 그러나 그 나무는 수도사의 소원과 달리 아주 나약한 나무로 자라가고 있었다.

다른 수도사도 같은 심정으로 나무를 심고 하나님께 기도했다. 자기는 어떻게 해야 할지 잘 모르겠고, 하나님이 더 잘 아실 것이라고 고백했다. 그러니 하나님의 뜻대로 기르시라고, 자기는 그 나무를 위해 오직 정성을 다하겠다고 기도했다. 그리고 하나님이 원하시면 이 나무로 폭풍우가 와도 꿋꿋이 버텨 나갈 수 있게 하시고, 혹한과 혹서에도 견뎌 내게 하시고, 병충해에도 강하게 하여 주시기를 원하며 기도했다. 그 나무 또한 그대로 되었다. 역경이 있었지만 강하고 좋은 나무로 자라났다.


자기의 원하는 대로 된다고 해서 다 좋은 것은 아니다. 편하고 싶은 대로 편할 수 있고, 즐기고 싶은 대로 즐길 수 있고, 가지고 싶은 대로 가질 수 있다. 하고 싶은 일은 무엇이나 다 할 수 있고, 가고 싶은 곳이면 다 가볼 수 있다. 그렇게만 살 수 있기를 모든 사람이 바라지만, 그게 다 좋기만 한 것이라 할 수 있겠는가? 입맛에 맞는 음식만 먹으면 편식하게 되고 결국 건강이 좋지 않게 된다.

좋은 인격자, 안목을 넓혀가며 힘있게 살아가는 호감형이 되기 위해서는 역경이 양념처럼 있어야 하고, 육체의 근육처럼 정신에 인내력이 붙으려면 어려움도 극복해 보아야 한다. 필요한 역경이 있다. 원하는 대로 다 할 수 있다고 넘치지 말아야 하고, 뜻대로 안 된다고 해서 잘못되어 간다고 생각하지도 말아야 한다. 독재, 전쟁, 공해, 인간의 야만성, 혼란 등 이런 것들로 말미암은 고통은 인류가 원하지 않는 것이다. 그러나 이것은 인간의 끝없는 과정과 추구 그리고 성취의 결과로 얻어지는 것 아닌가? 앞다투어 자기 원대로 살아가겠다고 야단들인데, 지금 이 세계는 어떤 나무가 되어가고 있는가?

우리는 좋은 나무를 위해 전능자에게 무엇을 어떻게 구해야 하는지 깨달아야 한다. 정말 필요한 것은 자기를 비우고 그분께 안기는 것이다(야고보서 1:5).

# 기러기

나의 고향은 남강(南江)과 크지 않은 들과 산으로 조화를 이루는 농촌이다. 겨울밤 달이 밝으면 신비감마저 든다. 여기에다 기러기 떼 하늘을 날고 그것들의 소리가 정적을 깨면 추억이 없는 사람까지도 잠이 오질 않는다. 그런 밤에 본 기러기 떼는 꼭 동화에 나오는 백조들처럼 정답다.

우애 좋은 형제들처럼

군대의 한 소대와 같이

정이 있는 분위기를 만들며

이런 기러기가 찾아오는 고향의 겨울밤은 눈이 오는 날처럼 포근하기만 하다. 그러나 내가 기러기를 좋아하는 것은 고향의 겨울을 포근하게 만들고 추억하게 만들기 때문만은 아니다.

한국전쟁이 악몽처럼 지나간 직후 미군들이 지프차를 타고 몰려온 적이 있다. 강물과 모래사장과 밀보리밭에 앉았다가 날아가는 기러기들에게 마구 총질을 해댔다. 때로는 날아가는 기러기 떼를 향해 쓰기도 했다.

그래도 일(一)자형 또는 팔(八)자형으로 날아가는 대형이 흩어지지 않았다. 어쩌다가 동료 중 한 마리가 총알에 맞아 떨어져도 그 대형을 떠나는 기러기는 없었다. 대장 기러기가 방향을 잡는 대로 원래 대형을 지키며 날아갔다. 참새떼가 먹이와 쉼을 찾아 떼 지어 모였다가도 후여 하는 소리에 흩어져 제길 가기에만 바쁜 것과는 얼마나 대조적인가?

돈이 있는 곳에, 권력이 있는 곳에, 잔치가 있는 곳에,

욕심이 채워지는 곳에 모여드는 참새떼-그런 사람, 그런 모임, 그런 흩어짐, 그런 이기주의-의 노랫소리가 고와도 참새 같은 사람을 미워하기 마련이다. 기러기 같은 사람, 기러기 같은 우정과 의리, 그런 모임, 그런 신앙인, 온전케 하시는 예수를 바라보고 머리 되신 그분을 따라 겨울밤 달 밝은 내 고향 하늘을 우애 좋은 오누이들처럼, 군대의 한 소대처럼 날아가는 기러기 떼를 닮아 우리도 이렇게 살 순 없을까?

# 찐쌀

요즈음 도시 아이들은 찐쌀이 무엇인지 모르는 아이들이 대부분일 것이다. 내가 어릴 적 시골에서는 군것질감으로 찐쌀을 많이 먹었다. 찐쌀에 대해 사전에는 '덜 여문 벼를 풋바심하여 쪄서 말려 찧은 쌀'이라고 설명한다. 식량 사정이 좋지 않을 때 어려운 가정에서는 벼 이삭이 다 여물도록 기다리지 못해 양식으로 사용하기 위해 찐쌀을 만들었다.

그런데 찐쌀의 맛의 우수성 때문에 오래전부터 군것질감으로도 일품이었다. 그 맛은 음식의 간을 보듯 혀끝으로는 알 수 없는 것이다. 한입 가득히 버겁게 넣고 서둘지 말고 혀로 침을 섞으며 우물거리고만 있으면 처음에는 딱딱하고 쇳내가 나는 듯하다. 그러나 시간이 갈수록 자꾸자꾸 진해지는 구수한 맛이 입안에 가득히 오래도록 남게 된다.

맛을 내는 품위가 껌과는 아주 대조적이다. 껌은 씹기 시작할 때가 가장 달콤하고 씹을수록 그 맛의 농도가 줄어들다가 결국 송진내를 낼 때쯤이면 뱉어 버리게 된다. 이런 현상을 세상인심에 비유해서 "달면 삼키고 쓰면 뱉는다"라는 속담도 있다. 다만 껌의 경우에는 쓰면 뱉는 이유가 뱉는 사람보다 껌에게 더 있다. 껌은 첫맛이 달아서 씹고, 찐쌀은 끝맛이 구수해서 먹는다.

나는 껌과 같은 사람, 찐쌀과 같은 사람을 생각해 본다. 인간관계를 실리적으로만 따지는 사람에게는 어떤 형의 사람이라도 관계없겠지만, 나는 아무래도 찐쌀과 같은 사람이 좋다. 만날수록 더욱 좋아지는 사람, 새로운 면을 보여 주는 사람, 인간관계 속에서 자기의 맛을 키우는 사람, 끝이 좋은 사람, 이해관계 없이 헤어졌는데도 잊을 수 없는 사람처럼 찐쌀 같은 사람이 좋다.

어버이들도 자녀들이 이와 같기를 바라고 우리 하나

님도 찐쌀과 같은 신앙을 우리에게 원하신다(요한계시록 2:19, 룻기 3:10). 그분 자신이 우리에게 영원한 찐쌀, 완전한 찐쌀이 되시기에 그렇게 요구하신다. 좋지 못한 끝맛 때문에 껌은 버림받으며 끝나는 것이고, 좋은 나중 맛으로 인해 찐쌀은 계속 애용된다. 찐쌀 구하기가 쉽지 않은 요즘 '찐쌀 맛' 이야기라도 많이 했으면 좋겠다.

# 갈대와 메뚜기

주세페 베르디(Giuseppe Verdi)가 작곡한 오페라 「리골레토(Rigoletto)」에 나오는 유명한 아리아 「여자의 마음(La donna è mobile)」에서 "바람에 날리는 갈대와 같이 항상 변하는 여자의 마음"이라고 했다. 이탈리아어로 깃털이 적절한데, 우리나라에서 번역이 갈대로 굳어진 것은 바람에 흔들리는 모양이 직관적으로 연상되기 때문이 아닐까 싶다.

갈대의 줄기는 가볍고 길어서 약하고 쉽게 흔들린다. 그래서 정한 마음을 가지지 못하고 이리저리 휩쓸리고 방황하는 모습은 흔히 갈대에 비유된다. 오늘은 이것을 믿고 이렇게 말하다가 내일은 저것을 믿고 저렇게 말하는 불안정하고 변덕이 심한 마음을 상징하는 것이다.

성경에서는 여로보암을 따르는 이스라엘 사람들이 갈대와 같이 흔들려 하나님 중심에서 떠난 신앙생활을 했을 때 여호와께서도 이스라엘을 쳐서 물에서 흔들리는 갈대 같이 되게 하셨다(열왕기상 14:15). 나라를 잃어 버리고 목자 없는 양과 같이 유리하게 된 것이다. 예수님도 무리에게 세례 요한에 대해 말씀하시면서 "너희가 무엇을 보려고 광야에 나갔더냐 바람에 흔들리는 갈대냐"(마태복음 11:7)라고 하시며 이리저리 흔들리는 무리의 잘못된 자세를 책망하셨다.

"상한 갈대"(마태복음 12:20)는 연약한 인간을 가리킨다. 고통과 좌절로 심령이 쇠잔해질 대로 쇠잔해져 마지막 한 가닥 소망마저 끊어지려는 상태를 의미한다. 꺼져가는 심지와 같이 되어 버린 것이다. 갈대라고만 해도 약한데 상한 갈대라고 했으니 이보다 더 약할 수 없는 경우를 말하고 있다. 사람은 누구나 상한 갈대다. 특별히 죽음 앞에서는 상한 갈대가 아닐 수 없다. 하나님은 상한 갈대를 꺾지 않으시려고 독생자로 십자가를 지게 하시고 부활의 승리를 하게 하셨다. 상한 갈대같이 된 인생에게 소망이 되는 것은 예수님뿐인 것이다.

어느 때 어디에서 비롯된 이야기인지 분명치 않지만, 이런 일이 있었다고 한다. 남자와 여자가 남녀 성차별에 대하여 논쟁하다가 남자가 여자에게 "여자의 마음은 갈대"라고 말했다. 그랬더니 여자가 그 말을 되받아치며 말하기를, "여자가 갈대라면 남자는 그 갈대에 붙은 메뚜기"라고 한 것이다. 일리가 있는 말이다. 남자는 여자에게 약하고, 여자의 눈물에 약하다. 여자를 귀하게 여기는 것 때문에 약하고, 여자는 약하다고 생각해 주는 것 때문에 약하다. 그래서 남자는 여자의 말을 잘 듣는다. 바늘 가진 사람이 도끼 가진 사람을 이긴다. 그래서 남자는 도둑이고 여자는 남자에게 도둑질시키는 주인이란 말도 있다.

이런 현상은 아담 때부터 있었다. 하와가 갈대였다. 그녀가 흔들려 버렸다. 하나님이 사망의 벌로서 금지한 실과를 먹고 남편도 자기에게 붙은 메뚜기가 되게 했다. 왕후 이세벨도 갈대라면 아합왕은 그 갈대에 붙은 메뚜기였다. 이세벨이 아합을 흔들고, 나라를 흔들고, 민족의 신앙을 흔들었다. 그리고 민족을 물에서 흔들리는 갈대 같이 되게 했다. 상한 갈대로 만든 것이다.

반면에 사무엘의 아버지 엘가나는 그 유명한 한나 갈대에서 흔들리다가 사무엘을 얻게 되었다. 그래서 유명하고 훌륭한 사람 뒤에도, 유명하고 악한 사람 뒤에도 여자가 있다. 그러므로 여자도 조심해야겠지만, 여자와 함께 망하지 않고 여자와 함께 성공하기 위해서는 남자들이 분별력 있는 메뚜기가 되어야 한다. 갈대가 잘못될 때, 힘써도 바로 세워지지 않을 때는 예수님께로 날아가 버려야 한다. 남자에게는 메뚜기처럼 날개가 있지 않은가?

# 그루터기

나무가 심하게 병들면 베어 버리기 마련이다. 산불로 나무가 다 타고 나면 베어 버린다. 사람들이 필요에 따라 나무를 베거나 풀과 곡식을 베는데, 베고 남은 밑동을 그루터기라 한다. 초가 타다가 남은 밑동도 그루터기라 한다. 태우거나 써버려도 남는 것이나 죽여도 살아남는 것, 그런 것들을 대개 그루터기에 비유하곤 한다.

그루터기에는 생명이 있는 것과 없는 것이 있다. 보리나 소나무 등의 그루터기에는 생명이 없어서 썩어 버리고 만다. 그것으로 끝이다. 장래가 있을 수 없다. 하지만 미나리, 아카시아, 밤나무, 상수리나무 등의 그루터기에서는 새로운 싹이 나서 다시 크게 번성하게 된다. 이런 것들은 그루터기만 남아도 종자 역할을 해내기 때문에 기대를 갖게 한다. 이런 그루터기는 버팀목 같은 역할, 초석 같은 역할을 한다. 그래서 모든 것을 잃고도 그루터기만으로 희망을 가질 수 있다.

이 땅에는 돈이 되고 출세가 되면 무엇이든지 할 수 있는 사람이 있다. 이런 사람은 믿을 수 없다. 지금은 좋다 해도 언젠가 무서운 일도 할 사람이기 때문이다. 악한 그루터기다. 그러나 떳떳한 일이라면 누구보다 강한 사람이 있다. 이런 사람은 돈이나 출세에 연연하지 않고 그 떳떳한 명분을 위해 산다. 세상이 모두 변하고 떠나도 제자리에 그 모습으로 있을 것이다. 이런 사람이 영향력 있는 스승이 된다. 좋은 그루터기인 것이다.

아무리 어려워도 농부는 씨알을 남긴다. 씨알이 없으면 봄이 와도, 옥토가 있다 해도 아무런 소용이 없다. 그 씨알이 모든 곡식의 그루터기가 된다. 이것은 하나님이 이사야를 통해 우리에게 가르치신 교훈이다.

(이사야 6:13)

수많은 그루터기가 있어도 거룩한 씨를 간직한 것만
이 소망이 되는 것이다.

홍수 심판에서 살아남은 노아의 여덟 식구가 인류의
그루터기였다. 수많은 사람이 있다 해도 하나님 보시기
에는 믿고 순종하는 아브라함만이 그루터기였다. 인류
의 영원한 소망이 오직 그에게 있었다. 그의 나이 백 세
때 후손을 하늘의 별과 같이 많이 일으킬 아들을 얻을 수
있다는 희망, 그것을 소망하는 믿음, 곧 하나님의 언약을
믿는 신앙이 그에게 있었다. 거룩한 씨가 되는 그의 믿음
을 따라 하나님이 이삭을 얻게 하신 것이다. 아브라함의
믿음이 그의 그루터기였다.

하나님이 아브라함에게 말씀하셨다.

"… 네 씨가 그 대적의 성문을 차지하리라 또 네 씨로 말미
암아 천하 만민이 복을 받으리니" (창세기 22:17, 18)

그의 씨로 오신 하나님의 아들 예수 그리스도가 최후의 그루터기가 되신다. 우리의 소망은 거기에 있다.

소유가 없는 것보다 더 슬픈 것이 있다. 주위에 아무도 없는 것이다. 모든 사람에게는 그런 때가 온다. 그러나 그렇지 않은 사람도 있다. 사망을 이기고 부활하신 그분을 나의 거룩한 씨로 삼는 사람, 예수 그리스도를 자기의 그루터기로 믿는 사람은 그분이 끝까지 책임 있게 함께하신다.

"거룩한 씨가 이 땅의 그루터기니라"

# 가위바위보

가위바위보가 리그전을 벌인다면 1승 1패, 곧 동률이 되어 무승부가 된다. 어느 것도 2승 무패가 될 수 없고, 2패 무승도 될 수 없다. 이기는 데가 있고 지는 데가 생긴다. 1패로 겸손해지고 1승으로 긍지를 가질 수 있다. 교만할 수 없고 비굴해질 필요도 없다. 토끼와 거북이 같은 것이다. 육지에서 달리기하면 토끼가 이기고 바닷물에서 수영대회를 하면 거북이가 이긴다. 육지에서 이기든, 바다에서 이기든 승리의 가치는 동일하다.

이런 설화가 있다. 동물 나라에 학교가 있었다. 교과목으로는 달리기, 기어오르기, 날아다니기, 헤엄치기 등이었다. 오리는 헤엄치기와 날아다니기에서 성적이 좋았으나 달리기는 빵점이었다. 방과 후에 남아 보충 훈련을 시켜도 발전이 없었다. 독수리는 날아다니기는 우수하지만 기어오르기에서 규칙을 지키지 않아 책망받았고, 헤엄치기에는 참가조차도 하지 않았다. 토끼는 달리기 과목에서 선두로 나섰으나 다른 모든 교과목에서 뒤떨어졌다. 거북이는 끈기와 열심이 있었지만 모든 교과목에서 부진했다. 다른 동물들에서도 비슷한 현상이 나타났다. 학교 당국은 크게 실망하여 폐교하고 말았다. 그러나 확실하게 깨달은 바는 있었다. 모든 동물은 서로 다른 장점과 단점을 가지고 있다는 사실이다.

사람에게도 마찬가지다. 모든 사람이 같을 순 없는 법이다. 서로 다른 개성을 가지고 산다. 남자와 여자라는 차이가 있다. 같은 여자라도 외모와 내면에서 차이가 있다. 쌍둥이라고 해서 반드시 꼭 같을 수 없다. 게다가 한 사람이 모든 것을 다 잘할 순 없다. 재능도, 은사도 하나님은 우리 모두에게 각각 다르게 주셨다.

같은 재능이고 은사라도 경우에 따라 장점이 될 때가 있고 단점으로 평가될 수도 있다. 키가 큰 것이 좋을 때가 있고 좋지 않을 수도 있지 않은가? 돈 많은 것도 그렇고 권력이 큰 것도 그렇다. 너무 건강해서, 너무 인기가 많아서 망한 사람도 많지 않은가? 그러므로 차이에 따른 차별이 있어서는 안 된다. 다른 사람의 것을 보고 부러워하다가 비굴해지거나 도둑질해서는 안 된다. 또 다른 사람을 얕보다가 교만해져도 안 될 일이다. 가위바위보다.

이 땅에는 우리가 할 수 있는 직종이 약 100만 가지 이상 된다고 한다. 그중에 하나만 잘하면 성공한다. 다른 사람보다 잘할 수 있는 것이 하나만 있으면 된다. 자기가 잘할 수 있는 것을 가지고 성공하기 위해 노력하면 된다. 가위가 주먹만 보고 살 필요는 없는 것이다. 사람은 누구나 자족의 축복을 받아야 한다. 사람이 사람을 좋아하고 싫어하는 것도 그렇다. 가위바위보다. 서로 맞지 않아 싫어하는 사람이 있으면 나를 좋아하는 사람도 있다. 실연을 당해도 너무 절망할 것 없다. 인생은 가위바위보다.

성공할 확률도 50퍼센트, 실패할 확률도 반이라는 사실을 명심해야 한다. 그리고 긴장해야 한다. 가위바위보,

이럴 때는 어느 것을 낼 것인가? 선택의 지혜가 얼마나 중요한 것인가? 성공하느냐 실패하느냐가 여기에 달렸다. "여호와를 경외하는 것이 지혜의 근본이요 거룩하신 자를 아는 것이 명철이니라"(잠언 9:10)고 했다. 만물의 창조자와 주관자 되시는 절대자를 인정하고 경외하게 되면 해야 될 일과 해서는 안 될 일을 구별할 수 있게 되고 떳떳한 일에 용감하게 된다. 그러면 당연히 성공의 장래가 열릴 것이다.

# 깨끗함에 대하여

깨끗하다, 순결하다, 맑다, 밝다, 곱다 등의 말은 신성함을 갖게 한다. 한 사람의 영혼에 대하여, 마음에 대하여, 삶에 대하여 이런 말을 사용할 수 있을 때 그 사람은 감동을 일으킨다. 나이 예순이나 일흔이 되도록 이런 평을 받을 수 있다면 그는 가진 것 없다 해도 성공한 삶이다. 누구를 위해 어떤 특별하고 큰일을 한 게 없다 해도 그는 이미 큰 봉사자다. 직접 남을 가르친 일이 없다 해도 그는 이미 유명한 교사다.

밤하늘에 찬연히 빛나는 별을 보고 있으면 우리를 배

부르게 한다. 들리는 소리가 없어도 별들은 우리로 즐거워하게 하고, 노래하게 하고, 꿈꾸게 하고, 생각의 깊은 곳으로 안내한다. 또한 방황에서 돌아오게 하고, 그리워하게 하고, 우리로 어린아이 같게 하지 않는가?

나는 신선한 풀잎에 맺힌 새벽이슬을 보면서 언제나 그리운 누님의 눈물을 생각하며 나의 두 눈을 감을 때마다 그 깨끗함에 젖어든다. 촛불의 밝음, 깨끗함, 고움에 마음을 빼앗기다 자기를 남기지 않는 그 마지막을 보고 깨끗한 삶이 무엇인지 깨닫는다. 예수님은 자기 생명까지 버리신 그 골고다에서 "다 이루었다"(요한복음 19:30)라고 하셨다.


요즈음은 깨끗함이 우리 삶의 중요한 화두가 되었다. 공해로 인해 공기와 물의 오염, 그 외 자연의 오염 문제가 보통 고민이 아니다. 종교인의 도덕성, 정치인의 도덕성, 경제인들의 도덕성, 문화의 도덕성 등 그 모든 것들의 부패 때문에 우리 시대는 얼마나 고통당하고 있는가?

우리는 맑은 하늘을 보자. 먼 산을 보자. 눈 덮인 먼 산을 보자. 녹음의 계절, 꽃피는 계절, 큰 산을 보자. 큰 바

다를 보자. 고통의 끝까지 가서 의의 태양이 되시어 일어
나신 주 예수님을 바라보자. 세상에 대하여 이기신 그분
의 승리에 참여하자.

하나님이여 내 속에 정한 마음을 창조하시고 내 안에 정직
한 영을 새롭게 하소서 (시편 51:10)
여호와께서 … 정직하게 행하는 자에게 좋은 것을 아끼지
아니하실 것임이니이다 (시편 84:11)

# 사랑받는 사람

나는 고등학교 시절을 오랫동안 자취하면서 다녀야 했다. 다른 일에도 재능이 부족했지만, 음식을 만들거나, 세탁일을 하거나, 집을 청소하는 것 등은 너무나도 못했다. 자취하는 내내 도시락을 마련하지 못해 점심을 굶을 정도였다. 자취 생활을 좋아할 남자가 있을까마는 나는 다른 사람들보다 싫어하는 정도가 더 심했다. 요즈음에도 변하지 않는 이런 부족함 때문에 그 좋은 '가정적'이라는 말은 못 듣고 산다.

그런 내가 하숙하는 친구들을 얼마나 부러워했겠는가? 언젠가 나도 하숙을 할 기회가 있었다. 그 집 하숙방은 두 개, 한 방에 두 명씩이고 네 명이 한 상에서 밥을 먹었다. 그런데 한 번은 저녁상에 진밥이 나왔다. 너무 질었다. 아무도 불평을 말로 하지는 않았지만, 못마땅한 표정으로 억지로 삼키고 있었다. 주인아주머니가 눈치를 채고 "어머나, 이를 어째? 이를 어쩌지" 하며 미안해했다. 그때 나와 한방을 쓰는 학생이 "괘안습니더. 물에 말아서도 묵는데요. 뭐" 하고는 국에 말아서 부지런히 먹어 버리는 것이었다.

그 후로 그 학생은 우리 셋과 다른 대우를 받았다. "어쩌면 저렇게도 이해심이 좋을꼬?" "학생은 나중에 장가가면 장모 사랑받겠다" "벌써부터 중매 서고 싶어지네" 등의 좋은 말은 다 들을 수 있었다. 우리가 지나갈 때면 손가락으로 그 애를 가리키며 이웃 아주머니들에게 "저 학생이 글쎄 그렇게 말했다니까요"라고 하기도 했다. 게다가 그 집에 좋은 일이 있거나 별난 먹을거리가 있을 때면 그 학생만 불러 우리를 '차별'했다.

편애가 이래서 생기는 것이구나 하며 그때 일을 생각하곤 한다. 좋은 학생으로 부각이 된 그 친구는 진밥을 먹을 때만 아니라 다른 상황에서도 긍정적으로 받아들이면서 좋게 생각하고 말하는 평소 '실력'을 갖고 있었다.

난처한 상황이 되었을 때 우리는 좋지 않은 감정을 드러내어 더 난처하게 만드는 말을 덧붙이기 쉽다. 그러나 순발력을 발휘해 배려하는 좋은 말을 하기란 나로서는 야구에서 홈런 치는 것처럼 어려운 일이다. 그럼에도 순발력 있는 사람이 사랑받는 법이다. 생각해 보라. 진밥을 차려 주고 미안해서 어쩔 줄 몰라 당황할 때 내 방 친구로부터 그런 말을 듣고 얼마나 좋았겠는가? 우리 모두의 생각이 그러했으면 하지 않았겠는가? 그런 아주머니의 입장을 내 입장으로 여기며 곱게 대하는 것은 돈 안 들이고 큰 대접을 하는 것임을 깨닫는다(마태복음 7:12). 밥할 줄은 몰라도 그런 말은 할 수 있어야 하는데….

- 1996년 7월 6일 「기독교보」 게재

# 아름다운 사람

　'아름답다'는 말은 '아름'과 '답다'의 합성어로 볼 수 있다. '아름'은 두 팔로 껴안을 수 있는 양을 나타내는 말로 '꽉 찬 것' '최대치' 등의 이미지를 갖는 말이다. "진달래꽃/ 아름 따다 가실 길에 뿌리우리다" 하는 데서 그 예를 볼 수 있다. '답다'라는 말은 '신사답다' '남자답다'처럼 명사 뒤에 붙어 형용사화시키면서 '이상적이라 할 만하다' '완전하다 할 만하다' '표준이라 할 만하다'라는 뜻을 갖게 한다. 그래서 '아름답다'는 '다움'이 '아름'이 되는 것을 표현하는 말이다. 즉 '아름다운 꽃'은 꽃다움이 아름인 꽃을 의미한다. 꽃다움이 충분하다, 넘친다, 뛰어나다는 것이다.

'아름다운 사람'은 어떤 사람일까? 물론 사람다움이 뛰어난 사람일 것이다. 그러면 사람다움을 뛰어나게 하는 것은 무엇이겠는가? 가문, 학력, 체구, 소유의 정도, 지위 등 외적인 부분도 사람답게 하는 데 필요하겠으나, 이런 것들을 어떻게 활용하느냐에 따라 더 잘 나타날 것이다.

여기서 의문이 생기는 것은, 그러면 자기에게 주어진 것들을 어떻게 활용해야 자신을 사람답게 하는 것일까? 이는 주관적인 판단에 의한 것이므로 사람에 따라 다를 수 있다. 어떤 이들은 자유나 힘 또는 사랑 등에 바탕을 두고 사람다움을 논하기도 한다. 반면에 화려하거나 방탕한 것에 대해 매력을 갖는 부류도 있다.

하지만 보편적이고 양심적인 판단으로는 원칙을 준수하고, 책임감이 강하고, 봉사의 정신이 투철한 인물을 사람답다고 생각한다. 당연히 그런 사람을 아름다운 사람으로 보아야 한다. 창세기 1장에서는 하나님이 말씀으로 세상을 창조하시고 그 뜻대로 된 것을 보시니 "보시기에 심히 좋았더라"(창세기 1:31)고 하셨다. 다시 말해 무엇보다 창조자의 뜻대로 사는 데 온전히 애쓰는 사람이 아름답다고 할 수 있다.

　나아가 '지도자답다, 그리스도인답다'라는 평을 들을 수 있으려면 자기의 역할을 잘 해내고 그 '다움'이 '아름'이 되도록 해야 한다. 하나님의 은혜가 넘칠수록 자기답게 아름다워지는 것이다. 바울은 바울다워지고, 나는 나다워지는 것이다. 그렇게 될 때 가정, 교회, 사회가 따라서 아름다워질 수 있다.

# 어른의 순진성

사람들은 어린아이들을 사랑한다. 그러면서 자신의 어린 시절을 그리워한다. 별이 총총한 밤하늘을 좋아하고, 자연 그대로의 산과 시내와 바다를 즐기길 원한다. 사람들은 대개 사념(思念)이 없고 꾸밈없이 깨끗한 것을 좋아한다. 진실한 것을 좋아한다. 우리는 이런 것을 두고 '순진하다' '천진하다'라고 말한다.

어린이들은 대부분 순진하다. 청소년들 중에도 순진한 학생들이 많다. 그러나 장년들 가운데에서는 순진한 사람을 보기 어렵다. 힘든 사회생활을 하면서 환난을 피하거나 성공을 위해 요령을 익히게 되고, 거짓을 말하는 것에도 용기가 생긴다. 악을 악으로 대하다가 같이 악해지기도 한다. 그러다가 위선을 저지르게 되고, 간사하게 되고, 사욕을 좇게 되고, 진실을 숨기고 원래대로가 아닌 꾸밈의 사람이 되기도 한다. 못 믿을 사람이 되어간다. 즉 시류를 따라 살면서 계속 순진할 순 없는 것이다. 이기주의로 살면서 평생 천진할 수도 없는 법이다. 인생을 요령으로 살면서 깨끗하고 참될 순 없지 않은가? 바둑의 수가 높은 사람치고 순진한 사람 없다는 말도 그러하다.

그러나 순진한 것은 귀하다. 그 무엇보다도 귀하다. 순진한 어린아이보다 순진한 어른이 더 귀하다. 말할 수 없이 더 귀하다. 경쟁자 없이 일등을 하는 것보다 실력 있는 수많은 경쟁자를 물리치고 최고가 되는 것이 비교할 수 없이 영광스러운 것처럼 어른의 순진함은 더 값있다. 우리는 어른이 되면서 사악해지려는 유혹과 핍박 그리고 시험이 찾아오는 것을 이기고 순진함을 지켜나가지 않으면 안 된다. 나아가 내면에서 일어나는 사악해지려는 충동을 이겨내야 한다.

이런 순진함은 많은 진주보다 값지고 자랑스러운 것이고, 우리를 행복하게 만든다. 많은 지식으로 사람을 가르치면서도 순진하고, 많은 재물을 소유하고도 순진하고, 큰 권력에 오르고도 끝까지 깨끗한 사람은 사랑과 존경을 오래오래 받을 것이다. 그런데 요즈음 우리나라 언론에서는 그렇지 못한 사람들의 이름이 마구 쏟아져 나오고 있다. 참으로 부끄럽고 탄식이 절로 나온다. 한국 교회의 책임이 크다.

어른이 되어서도 순진하려면 강해야 된다. 순진함을 지켜내기 위해 긴장하고 노력해야 한다. 성품이 좋아도 흥부처럼 약해서는 안 된다. 게을러서도 안 된다. 분별력이 있어야 하고 순진해지려는 의지를 발휘해야 한다. 술에 잘 취하는 사람이나, 마약에 중독된 사람이나, 거짓말을 잘하는 사람이나, 부정부패에 빠진 사람들 중에는 먼저 그렇게 된 사람과의 인정에 약해져 분위기를 이기지 못하고 그렇게 된 사람이 의외로 많다고 한다. 그렇게 된 것을 두고 순진해서 그렇다고 말하는 사람들도 있다. 그러나 이런 사람은 약한 것이지, 순진한 것이 아니다. 분위기를 이기지 못해 해서는 안 될 말이나 행동을 해 버리는 약한 사람들은 착하다 해도 못 믿을 사람이다. 자기도 원치 않는 악역을 하고 있는 것이다.

순진함에 대한 깊은 사색이 있어야 한다. 죄 없이 십자가를 지시고도 대적에 대하여, 회개자에 대하여, 어머니에 대하여, 하나님에 대하여, 사명에 대하여 순진하기만 하셨던 예수님을 사모해야 한다. "하나님이여 내 속에 정한 마음을 창조하시고 내 안에 정직한 영을 새롭게 하소서"(시편 51:10)라는 소원으로 기도를 쉬지 말아야 한다. 예수님을 잘 믿는다는 것은 더 똑똑해 보이려고 하기보다 순진함으로 덕스러워지려고 노력하는 것 아닐까?

우리는 어른이 되어서도 어릴 때처럼 순진해지려는 노력이 꼭 필요한 시대에 살고 있다. 거친 삶의 현장에서도 순진함을 잃지 않는 것이 내 이웃과 나라를 건지는 길이다. 동화를 읽자. 동화적이 되자. 어린아이와 같은 어른이 되자. 하나님의 나라는 이런 사람의 것이다(마태복음 18:3, 마가복음 10:14).

# 초보 때의 일

나는 인생 오십 줄에 접어들면서 운전을 배웠다. 원래 운동신경이 무딘 데다 늦은 나이에 그만큼 늙은 체구로 시작했으니 어렵게 면허증을 따고 어렵게 익혀야 했다. 만 8년이 지난 지금에도 초보 수준으로 운전하고 다닌다. 차를 후진할 때면 보는 사람들이 재미있어한다. 지금도 이런데 운전 초년에는 어떠했겠는가?

한번은 밤에 마산에서 고속도로를 달리다가 김해터널을 지나 내리막길에서 주행차선에서 추월차선으로 변경했다. 문제는 얼른 달려 주지 못한 것이다. 그 바람에 뒤따르던 택시 기사가 놀란 데다 갑갑했던 모양이다. 잠시

후 내 차 앞으로 들어와서 양쪽 깜빡이를 켜면서 갓길로 이끌었다. 차가 정지하자 택시 기사가 성난 모습으로 다가와서는 차창을 두들겼다. 창문을 열자마자 무섭게 포문을 열었다. 욕설과 속어로 험하게 퍼붓기 시작했다. 오십 평생 그토록 거친 말과 행동을 받아 본 적은 없었다.

나는 할 말을 찾지 못했다. 내가 운전을 잘못했는가 보다 하고 생각하면서도 뭘 어떻게 얼마나 잘못했는지 알지 못했다. 내 운전 미숙 때문에 그가 얼마나 놀랐는지, 얼마나 피해를 준 건지 전혀 몰랐다. 그런 가운데 이 사람이 너무 지나치다 싶을 정도로 모욕적으로 행동한다는 생각과 함께 화가 치밀어 올랐다. 다만 사고가 난 것도 아니니 조금 이러다가 끝내겠지 하고 기다렸다.

택시 기사는 내가 운전도 제대로 못하면서 끼어들어 놀라게 하고 방해했다는 내용에다 온갖 더럽고 악한 말을 섞어가면서 계속 언어폭력의 실력을 발휘했다. 십 분이 지나고 이십 분이 지나도 좀처럼 그의 분노가 식지 않았다. 때가 여름이었고 꽤 무더운 날이었다. 이 기사가 이런 날에 하루 종일 일에 시달렸으니 스트레스를 얼마나 받았겠는가 생각하고는 나의 치미는 생각들을 누르면서 참고만 있었다. 밤이라 내 얼굴이 드러나는 것도 아니지만, 솔직히 맞서 입씨름할 힘도 용기도 없고 바쁘지도 않았다. 해서 나의 창피함이나 화를 삭이면서 그저 택시 기사가 제풀에 물러설 때까지 받아 주기로 작정하고 앉아 있었다. 나는 그제야 담담한 마음이 되었다.

헤어질 때 좋은 말로 전할 생각으로 전도지 한 장을 찾아 들고 있었는데, 얼마를 더 끌다가 갑자기 큰 소리로 "선생님, 죄송합니다"라는 말과 함께 절을 꾸벅하고는 자기 차로 얼른 가 버렸다. 뜻밖의 끝맺음에 당황한 나는 전해야 할 것을 전하지 못하고 그를 보내고 말았다. 후회스럽고 안타까웠다.

다시 차에 시동을 걸고 출발했다. 나 자신을 향해 '바보, 멍청이'라고 중얼거리면서 집으로 달렸다. 그러나 왠지 마음은 부끄럽지 않았다. 증오의 심리가 아니고 패자 같은 기분도 아니었다. 그때 눈물이 나면서도 하나님께 감사했다. 바보가 되어야만 이기고 편안해질 때가 있음을 깨닫는 좋은 경험이었다.

나는 아직 자동차 운전도, 인생살이도 미숙하다. 언제 또 이런 일이 내게 닥칠지 모른다. 그때마다 전도지 한 장들고 내 안에 계신 성령님이 풋풋한 내 체질에 소금을 뿌려 숨을 죽인 배추처럼 주 예수의 피를 뿌려 삭혀 주시기를 바라며 잠잠히 기도할 수 있기를 원한다.

# 방랑자와 순례자

방랑자나 순례자 모두 나그네라는 점에서 같은 사람이다. 집을 떠난 사람들이다. 외로운 사람들이다. 해가 저물면 먹고 잘 곳을 구해야 한다. 그리움이 마음을 적신다. 나그네 세월이 몸에 쌓이면 무거운 분위기가 그의 주름살에서 다시 힘을 느끼게 한다.

그러나 방랑(放浪, wanderings)이라는 단어와 순례(巡禮, pilgrimage)라는 단어는 동의어가 될 수 없다. 이 두 가지 여행에는 전혀 다른 면이 있다. 방랑 생활에는 목적이 없다. 의미가 없다. 일정한 주소나 직업도 없이 이곳저곳으로 떠돌아다니는 생활은 책임을 버린 방탕이다. 그러나 순례자에게는 목적이 있다. 목적지가 있다. 순례자는 가치 있는 곳을 찾는다. 미래를 위해 뜻있는 과거를 만나고자 한다. 사명 수행의 진보를 위해 성지를 방문한다. 또한 순례자는 돌아와서 자기 역할에 불을 당겨야 할 곳이 있다.

신앙에 철학이 있어야 순례자가 될 수 있다. 순례자는 아무 곳이나 가지 않는다. 아무 데나 앉지 않는다. 아무렇게나 살지 않는다. 목표를 향한 강한 의지로 살아간다. 깨끗함이 그의 눈빛에 있다. 인고함이 그의 주름살을 이루고 있다. 스치는 웃음에도 인생을 느끼게 한다. 그의 침묵에는 마음을 잡아끄는 힘이 있다. 순례자에게는 작지만 쉴 수 있는 그늘이 있다. 그래서 순례자가 다니는 곳엔 사랑방이 열린다.

흔히들 인생은 나그네라고 말한다. 어딘가에서 와서 어디론가 가야만 하는 인생이라는 것이다. 많이 살면 칠팔십씩 사는 여기는 영원한 정착지가 아니라는 말이다. 아무리 좋은 것을 가지고, 더 많이 더 크게 가졌다 해도 모두 나그네로 사는 것이다. 우리는 모두 방랑자나 순례자로 살고 있다. 목적 있는 삶을 산다면 순례자로 사는 인생이고, 그렇지 못하면 방랑자인 셈이다. 그러고 보면 김

삿갓(조선 후기의 방랑 시인인 김병연)도 방랑자였다.

방랑자에게도 목적이 있다고 주장하는 사람이 있을 것이다. 무거운 목적에서 벗어나려는 것, 꽉 짜인 생활에서 해방되는 것, 마음에 드는 음식이나 옷을 추구하는 것, 얽매임 없이 살고자 하는 것 등을 목적이라 할지 모른다. 그러나 이런 것은 궁극적인 목적이 될 수 없지 않은가? 인생에서 많이 배우는 것, 부자가 되는 것, 대통령이 되는 것 등을 목적이라고 할 수 있다. 하지만 그런 것들은 인생이 '어디로 갈 것인가' 하는 목적이 될 순 없다. 에서와 야곱은 쌍둥이였다. 더 강한 쪽은 에서였지만, 그는 방랑자로 살았고 야곱은 순례자로 살았다. 성공자는 에서가 아니라 야곱이었다.

순례자는 일시적이거나 사사로운 것에 얽매이지 않는다. 배후를 본다. 멀리 본다. 사명을 본다. 가치를 본다. 근본을 본다. 핵심을 본다. 최고를 본다. 최후를 본다. 하나님을 본다. 그런 것을 위해 필요한 것을 찾는다. 길을 찾는다. 정처 없는 삶을 살지 않는다. 순례자로서 성실하게 산다면 청소부도 성자가 될 수 있다.

참된 목적이 있을 때 삶에 의미가 있게 되고 수고의 보상이 가치 있게 된다. 어려워져도 참아낼 수 있고 기꺼이 숭고한 목적을 위해 죽을 수도 있다. 참된 목적이 우리로 진리를 따르게 한다. 진리가 우리를 자유케 한다. 자유인만이 사랑을 실천한다. 순례자의 인생은 이와 같을 것이다. 다만 우리 시대의 뿌리 깊은 고민은 방랑자가 너무 많은 것을 차지하고 있다는 사실이다. 방랑자의 문화, 방랑자의 정치, 방랑자의 경제를 청산해야 할 것이다.

# 사랑, 그 위대함

사람은 사랑의 힘으로 산다고 한다. 서로 사랑한다는 것은 서로를 행복하게 해 주는 것이다. 사랑은 이것저것 따지는 것이 아니라 주는 것이다. 자기가 가진 것을 무분별하게 주면서도 너무 적게 주지 않았나 하면서 걱정하고 미안해하는 것이다. 제일 좋은 것을 주고도 아까워하지 않고 오히려 기뻐하는 것이다. 받는 것보다 주는 것을 더 좋아하는 것이다. 그래서 받는 사랑보다 주는 사랑이 더 행복한 법이다.

끝없는 사랑은 끝없는 즐거움이다. 끝없이 수고하는 것이다. 처절한 슬픔인 것이다. 어떤 폭력이나 죽음보다 사랑이 강하다고 한다. 사실이다. 이성으로나 힘으로 다스려지는 것이 아니다. 사랑은 신비한 것, 설명이 안 되는 행복이다. 그러면 누가 행복한 사람인가? 사랑을 위한 자유, 사랑을 위한 지혜, 사랑을 위한 힘, 사랑으로 꽉 찬 시간을 보내는 사람일 것이다.

미국의 명문 대학인 하버드에 아이작과 존이라는 우등생이 있었다. 그들은 항상 일등과 이등을 다투면서도 형제보다 친한 사이였다. 그들은 여름방학을 존의 농장에서 함께 보내기로 약속했다. 그곳에서 아이작은 존의 누이 메리와 사랑에 빠졌고, 마침내 축복 속에 결혼식을 올리게 되었다.

버지니아주의 풍습에는 신랑 신부가 타고 있는 마차에 종이로 싼 옥수수를 던지는 전통이 있었다. 아이작과 존의 친구들은 마차가 길모퉁이를 돌 때쯤 환성을 지르며 옥수수 봉지를 던졌다. 그러자 말이 놀라서 내달리는 바람에 마차가 뒤집혔고, 그때의 사고로 머리를 심하게 다친 메리는 정신이상자가 되고 말았다.

존은 눈물을 흘리며 말했다.

“누이가 저런 꼴이 되었으니 결혼은 없었던 일로 하세. 자네는 모교의 조교수로서 앞으로 학문 연구에 힘을 써야 하는데, 내 동생은 짐이 될 걸세.”

그러나 아이작은 고개를 가로저으며 말했다.

“무슨 소린가? 나는 메리를 진정으로 사랑했네.”

아이작은 이때부터 40년 동안 10살 미만 정도의 지능을 가진 아내를 위해 헌신적으로 사랑하고 희생하면서 결혼생활을 계속했다.

“사랑이 적은 자는 기도도 없고
사랑이 많은 자는 기도도 많다.”

성 아우구스티누스의 말이다. 그렇지만 사랑은 억지로 되는 게 아니다. 억지로 사랑하게 만들면 증오심을 불러일으킬 뿐이다. 아이작도 의무감으로 그렇게 하도록 했다면 미움으로 끝났을 것이고 불행했을 것이다.

그렇다면 헌신적으로 희생할 수 있는 힘은 어디서 오는 것인가? 그 힘은 사랑에서 오는 것이다. 사랑은 신비한 것이며, 그 가치는 위대한 것이다. 사람은 사랑의 힘으로 가치 있게 되는 것이다. 예수 그리스도께서 십자가에 달리신 것, 우리를 죄에서 구원하신 것도 사랑의 힘이다. 사랑 이야기를 하면 사랑이 우리 마음에 일어난다. 사랑받은 것을 깨달으면 사랑에 불이 붙는다. 그래서 주님을 사랑하고 주님의 사랑을 본받는다면 사람다움이 넘치게 될 것이다. 사랑, 그 위대함이 또 한 번 창조될 것이다.

# 장애물 경기

운동선수는 운동장과 운동 기구로 훈련을 쌓는다. 승리를 목표로 하는 이들의 훈련은 보통 고생스러운 것이 아니다. 최선을 다해야 하는 경기에서는 더욱 그렇지 않은가?

인생을 경주에 비유하는 것은 매우 적절하다. 같은 동작을 반복하는 것은 아니지만, 자기에게 주어진 삶의 과정을 통해 얻는 경험은 새로운 과제에 도전할 수 있는 성장과 훈련의 요소를 갖고 있다. 인생을 경주에 비유한다면 여러 경기 중 장애물 경기가 가장 적절할 것이다. 또한 사람의 생애 전부를 하나의 긴 장애물 경주에 비유한다면 장애물이 한둘이 아니다. 겹겹이 계속되는 장애물, 장애물 하나를 넘고 나면 다른 장애물이 또 다가온다. 그 장애물은 자신의 성격일 수 있고 부족함이나 약함일 수 있으며, 때로는 넘치는 것이 성공에 있어 장애물이 되기도 한다. 또한 그 장애물은 사건일 수 있고 사람일 수도 있다.

선거에 출마한 사람의 장애물을 생각해 보면 인생 경주의 장애물 개념이 좀 더 선명해진다. 먼저 유권자들로부터 능력을 인정받아야 한다. 또 존경을 받아야 한다. 나아가 모두의 깃발이 될 수 있어야 한다. 그런 사람으로 부각되기 위해 최선을 다하는 데 안개를 피우면서 장애물로 날뛰는 사람이 많다. 선거가 끝나고 나면 당선자와 낙선자 모두 새로운 갈 길이 있지만, 운동에서의 승자나 패자와 달리 장애물을 미워하고 원망하는 경우가 많다.

운동선수들은 그들의 운동장에서나 운동 기구로 심한 훈련을 하면서 고통의 깊은 곳까지 수없이 빠져들게 된다. 그들은 운동을 좋아하고 아끼고 사랑하기까지 하며, 자신의 생을 거기에 맡기기까지 한다. 그런 고통을 이겨 내는 이유는 훈련의 현장 너머 승리가 있기 때문이다.

　예수님이 "너희 원수를 사랑하며 너희를 박해하는 자를 위하여 기도하라"(마태복음 5:44)고 하신 것은 각자의 장애물을 사랑하라는 말씀이다. 또 "십자가를 지고 나를 따르라"(마태복음 16:24)고 하시며 장애물을 피하지 말고 이겨 내라고 말씀하신다. 예수님은 자기의 원대로가 아닌 아버지의 원대로 십자가를 지셨고, 또 이기셨다. 이제 그 십자가는 구원과 사랑의 표상이 되었다. 우리는 그 앞에 있는 즐거움을 위하여 십자가를 참으신 주님을 바라보고 달리는 경주자다(히브리서 12:1~2).

　우리는 사랑과 지혜와 용기로 가득 찬 경주자가 되어야 한다. 장애물을 좋아하고 사랑할 수 있는 큰 사람만이 다음 장애물에 도전할 수 있다. 우리 모두는 각자의 장애물 경기가 끝나고 자기를 아는 모든 사람 앞과 절대자 앞에 설 때가 온다. 그때는 경주의 성과를 가지고 서야 한다. 사람들 앞에서는 사랑과 존경을 받는 사람이 되어야 하고, 절대자 앞에서는 거룩한 자로 서야 한다. 거기까지의 모든 과정이 장애물을 넘어 나아가는 경주인 것이다.

　그래서 우리는 그날에 이르는 장애물들을 사랑해야 한다. 그것이 가난이든, 지체 장애든, 사건이든, 다른 사람이든 자신의 장애물을 사랑할 수 있는 사람이 최후 승리를 할 수 있다. 우리 주위의 현실에서는 교회 안에서도 자기 장애물을 원수로 여기며 사는 사람이 많다. 게다가 늘 그렇지 않아도 그러는 경우도 있다. 용서받은 우리가 용서하고 사랑하며, 선으로 악을 이기며, 이기고 또 이기며 결승점을 향해 나아가야 한다.

# 제 4 장

# 천국은 외갓집 같고,
# 하나님은 외할머니 같다

# 반달 같은 사람

　'초승달' '반달' 등은 우리네 전통적 정서로는 정다운 것, 아름다운 것이다. 보름달보다 초승달이나 반달을 더 정답고 아름답게 보는 마음은 꽉 찬 것보다 여백이나 여운 있는 것을 좋아하는 마음이자 미완의 아름다움을 즐기는 심미성이다. 오늘의 현실적인 만족보다 앞으로 다가올 희망 속 성취를 더 소중한 행복으로 여기는 것이다. 또 이미 밖으로 다 드러나 버린 것보다 빙산의 일각처럼 드러나는 미담을 더 귀하게 대하는 것이기도 하다.

　수줍어서 할 말 다 못하고, 나서야 할 때 나서지 못하고, 조심스러워서 한 번에 맺고 끊질 못하는 것이 반달 같은 마음이다. 인내하고 믿어주는 여유로 다음 기회를 열어 놓으며, 힘 있다고 다 쓰지 않으며, 정당하다고 자기 몫으로 다 주장하지 않는 것이기도 하다. 또 겸손과 포용력으로 자기 요구만 내세우지 않고 남도 자기에게 요구할 수 있도록 기회의 뜰을 넓게 잡고 바깥 문은 열어 놓는 것이기도 하다. 내문(內門)은 닫아둔 채 그립다고 해서 쉬이 대문 밖으로 뛰쳐나가지 않고, 강한 그리움으로 내문 하나만 열어둔 채 겹겹의 문 하나하나 열고 들어오게 하여 작은 공간에서 보름달의 꿈을 해로 떠오르게 하는 미덕의 아름다움이 반달 같은 것 아닐까?

반달은 달 자체가 작아진 게 아니다. 언제나 보름달처럼 크지만, 우리에게 보여지는 모습이 그런 것이다. 보름달처럼 갖추고도 반달처럼 처신하는 것이다. 반달처럼 살면서 남겨둔 여백이 때가 되면 더 큰 유익을 가져온다.

요즈음 돈 많은 것을 이용해서, 높은 관직을 남용해서 부정까지 저지른 사람들의 명단에서 그 많은 이름을 보며 더욱 그런 생각이 든다. 그런데도 사람들은 반달같이 되기보다 보름달같이 되려고 더욱 애쓴다. 각종 미인 대회에서 뽑아놓은 미인들도 반달 같지는 않은 듯하다. 빡

빡한 세상에서 조금은 외로워도 반달같이 사는 지혜를
꼭 붙잡고 살아야겠다. 그리고 반달 같은 사람을 정답게,
아름답게 보는 시력이 좋아지는 우리 사회가 되기를 기
원한다.

# 청개구리의 어머니

청개구리 이야기는 우리 모두가 잘 아는 구전 설화다. 아들 청개구리는 어머니의 임종 때가 되어서야 정신을 차리게 된다. 그제야 자기 잘못을 깨닫고 아프도록 반성하며 눈물을 흘렸다. 개천에 묻어 달라는 어머니의 유언은 그 아들이 어머니께 순종할 수 있는 마지막 기회였다.

어머니의 의도는 산에 묻히기 위해서였는지, 정말로 개천에 묻히고 싶었는지 알 수 없다. 결국 그의 시신은 개천에 묻혔고 그것 때문에 아들에게는 더욱 잊을 수 없는 어머니가 되었다. 그리고 아들 청개구리의 반성은 생생하게 계속되고 있다.

어릴 적 나는 의령 적곡리(赤谷里)에 살았고, 학교가 있는 함안 악양(岳陽)마을로 가기 위해선 악양나루 또는 새나루라는 곳에서 배로 건너야 했다. 이후에도 고향을 갈 때면 나루를 통해 남강을 건너갔다. 내 어머니도 장사를 하기 위해 무거운 짐을 머리에 이고 나보다 더 힘들게 나루를 건너다니셨다. 남강의 새나루는 나의 성장의 상징이었고, 나를 위한 어머니의 사랑과 수고뿐만 아니라 행상의 이미지가 집약된 곳이다. 어머니는 79세의 연세에 거기서 물에 사고를 당하게 되면서 그렇게 돌아가셨다. 나는 너를 위해 이렇게 살았는데, 너는 무어냐고 나무라시며 돌아가신 것처럼 생각되었다. 오늘날 내가 아들 청개구리처럼 여겨지는 것은 어머님의 마음을 흡족하게 해 드리지 못한 불효 때문이다. 그러면서 청개구리만큼의 반성도 없고 비가 내려도 울지 않는 나 자신이 한없이 못나 보인다.

아들 때문에, 그 아들의 못남 때문에, 좋은 아들이 되기를 바라는 열망 때문에 지치고 시리고 깨지고 또 실망해야 한다. 어머니의 세월을 비로 맞으며 청개구리는 새롭게 태어나고 있지 않은가? 그런데 청개구리의 어머니, 나의 어머니는 개천에 묻혀 계시지 않는다. 수고와 실망의 남강에서 죽고, 생명수의 강가(요한계시록 22:1)에 계신다. 그리스도와 함께 사신다(에베소서 2:5~6).

하나님은 청개구리 아들과 어머니를 위해 참되고 영원하신 어머니 청개구리가 되셨다. "하나님을 알되 하나님을 영화롭게도 아니하며 감사하지도 아니하고 오히려 그 생각이 허망하여지며 미련한 마음이 어두워"(로마서 1:21)져서 고멜처럼, 탕자처럼 거역하기만 하는 아들 청개구리들을 위하여 삼위일체 하나님의 제2위인 예수 그리스도가 십자가에서 돌아가셨다. 청개구리의 어머니가 개천에 묻혀서 청개구리들을 참되게 하듯이 예수 그리스도는 죽으시고 장사되신 거기 그 일로 우리를 악한 데서 구원하신다.

끝까지 못난 아들을 위하는 청개구리의 어머니. 가장 비참하게 갯가에 묻힌 어머니. 잘못되고자 할 때마다 비(성령)로 내리는 어머니.

# 어머니의 물레질

어머니는 밤이면 늘 물레질을 하셨다. 오른손으로는 물레를 돌리고 왼손으로는 고치를 쥐고 실을 길게 뽑아 가락에 감기도록 하는 일을 반복했다. 그러니까 오른손 은 앞에다 원을 그리는 동작을 계속해야 하고 왼손은 옆 에다 원을 그리면 된다. 하지만 이 서로 다른 동작은 쉽 게 되는 게 아니다. 한석봉 어머니의 떡 써는 솜씨보다 이 일에 숙달되신 어머니는 자연스럽게 춤추듯 율동을 넣어 상체를 들썩이면서 하셨다. 옆에 사람이 있으면 대화하 시고, 옛 가락으로 노래도 하시고, 어떤 때는 혼자 소리 없이 눈물로 우시며 물레질을 하셨다. 어머니의 손에선 물레만 돌아가는 것이 아니라 세월이 돌아가고 어머니의 생이 돌아가고 있는 셈이었다.

유행가 가사처럼 어머니는 낮에 집안일이나 밭일을 하셨고 밤에는 길쌈을 하셨다. 자다가 깨어 보면 자정이 넘었는데도 호롱불이 켜져 있고 물레도 돌고 있었다. 긴 긴밤을 바쁜 손길로 정성껏 물레를 돌리셨고, 어머니가 돌린 물레에서 길고 질기고 고운 실이 많이도 나왔다.

그 물레질의 힘으로 우리 가정에는 어두움이 밀려나고 아침이 오고 있었다. 어머니는 가슴의 사랑을 호롱불에 태우시면서 물레로 가정의 가난을 돌리고, 문제를 돌리고, 가정과 자녀들을 길쌈하셨다. 좋은 삶을 자아내신 것이다.

어머니가
물레를 돌리셨다

세월을 돌리셨다
자기를 돌려 명주실을 남기시고

어머니가
빈껍데기로 남으신다

얼굴이 그렇네
손이 그렇네

어머니가
비단실을 남기신다


　나는 때때로 어머니의 물레질을 생각한다. 어머니의 물레질처럼 고운 결과를 자아내는 삶을 생각한다. 그리스도인으로서 잘 산다는 것이 무엇이겠는가? 세월과 하나님의 말씀과 내가 함께 물레질이 되어 그리스도인으로서 잘 산다는 것이 무엇이겠는가? 세월과 하나님의 말씀과 내가 함께 물레질이 되어 그리스도의 고운 실이 되는 삶을 창출하는 것 아니겠는가?

# 외갓집 생각

어머니는 늘 바쁘셨다. 그래서 나는 대부분의 시간을 외할머니와 누나와 함께하며 자랐다. 이런 나에게 어머니, 외할머니, 누나 등의 단어가 주는 느낌은 다른 누구보다 강하게 와닿는다.

외할머니에게는 아들이 없었다. 양자를 세웠으나 같이 지낼 형편이 못 되어서 막내딸인 어머니가 모셨다. 아버지도 그것을 당연한 것으로 여기고 좋아하셨다. 나는 그런 영문도 모르고 외할머니와 함께 사는 것을 자랑스럽게 생각하며 좋아했다.

그러다가 소년기에 들어설 무렵부터 달라지기 시작

했다. 외할머니가 돌아가신 후에는 더욱 그랬다. 집을 훌쩍 떠나고 싶을 때 외갓집이 있었으면 하는 생각을 한 것이다. 그토록 나를 좋아하시는 외할머니, 언제나 내 편이 되어주시는 외할머니, 물 만난 물고기처럼 내게 자유롭고 편안한 외할머니가 반갑게 맞아 주는 외갓집이 있으면 얼마나 좋겠는가?

나이가 들어도 나는 그 생각을 버리지 못했다. 부질없는 바람인 걸 뻔히 알면서도 현실이 짜증스러워지면 아이처럼 외갓집에 가고 싶어 했다. 외할머니가 밤참을 마련해 주고 나의 누나 같은 외사촌 누나가 이야기 상대가 되어 주는 그런 외갓집에 문득문득 가고 싶어지곤 했다.


우리 집에는 눈 덮인 산촌을 그린 한국화 한 폭이 있었다. 나는 그 그림을 좋아했다. 내가 그리워하는 외갓집이 있었으면 하는 그런 마을이 거기에 그려져 있었기 때문이다. 내가 고등학교 다닐 때다. 겨울방학에 눈이 많이 내린 적이 있었다. 그때도 나는 읽고 싶은 책을 가방에 꾹꾹 눌러 담고 눈 덮인 산촌의 외갓집, 산토끼가 뛰는 산으로 문이 나 있는 뒷방과 외할머니의 분위기 속에서 온 겨울을 보내고 싶어 했다. 그로부터 35년이 지난 지금도 생생하리만큼 간절하다.

사진이건 실제건 간에 아득한 시골 풍경을 볼 때마다 저런 마을에서 외할머니와 누나와 어머니를 만날 수 있는 외갓집이 있었으면 하는 욕심이 뭉클뭉클 솟아오르곤 한다. 이런 나에게 누군가 일찍이 천국은 외갓집 같고, 하나님은 외할머니 같다고 말해 주었다면 진즉에 신앙생활을 더욱 열심히 했을 것이다.

# 뒷모습이 좋은 사람

30년도 훨씬 넘은 옛이야기다. 고등학교 졸업반일 때다. 모든 시험은 끝났고, 진로가 확실하지 못했던 내게는 인생의 쓴물에 젖는 심정도 있었으나 얼마 동안 자유로웠다. 대여섯 명이 친구 집을 돌며 자주 모여 이야기꽃을 피웠다. 한번은 좋아하는 여자, 각자가 생각하는 이상적인 여성상에 대해 말한 적이 있다.

그중에서 잊히지 않고 지금까지 남아 있는 친구의 말이 있다. 비교적 책을 많이 읽고, 생각이 깊은 친구의 말이었다. 그는 몸집이 크고 생각도 크다는 평을 듣는 친구였다. 당시로서는 아주 엉뚱하게 들렸지만, 오늘에 와서 생각해 봐도 특이하면서 타당한 말이었다. 그가 말하기를, 자기는 "뒷모습이 아름다운 여성을 결혼 상대로 삼겠다"라고 했다. 우리는 다들 앞모습에 대해 진술했는데 그 친구만 뒷모습을 강조하고 나섰다.

'뒷모습이 좋은 여성'이라. 뒷모습, 그것은 만날 때 보는 모습이 아니라 헤어질 때의 모습이다. 좋을 때의 모습이 아니라 속상해서 돌아설 때의 모습이다. 같이 잘 지내다가도 무엇이 맞지 않아 관계를 끊는 것에 대해 우리는 헤어졌다, 돌아섰다, 등을 보였다 등으로 표현한다. '뒷모습이 좋은 사람'이란 서로 필요해서 기다리고 찾을 때, 자기 마음에 맞고 즐거울 때만 잘하는 사람이 아니라 그렇지 못할 때도 처신을 잘하는 사람을 말한다.

같이 사는 부부 사이에도 이럴 때가 있고 저럴 때가 있다. 좋을 때 어떻게 하느냐보다 어려울 때 어떻게 잘하느냐가 성공과 실패를 가름하게 된다. 싫다는 표시도 덕스럽게만 하면 행복에 곱셈이 될 것이다.

요즈음에는 뒤가 좋지 않게 헤어지거나 떠나는 사람들이 너무 많다. 그러나 우리 그리스도인들은 뒷모습이 좋아야 한다. 좋은 인상을 남기는 것이 곧 전도이고 하나님께 영광이 된다. 이 땅에서의 생을 끝내고 가는 우리의 뒷모습은 뒤에 남겨진 사람뿐 아니라 자신의 미래를 위해 얼마냐 좋은 것인가? 좋은 미래, 즐거운 미래, 영광된 미래는 뒷모습이 좋은 사람에게 주어진 것이다.

'뒷모습이 아름다운 여성'을 말한 그 친구를 생각하게 되니 문득 친구 아내의 뒷모습이 궁금해진다.

# 모범 촌사람

모범 촌사람, 이것은 나의 별명이다. 나는 면 소재지도 못 되는 시골에 있는 초등학교를 십 리도 넘게 걸어서 다녔다. 이후 중학교는 군 소재지에서, 고등학교는 시에 속한 도시에서 다녔다. 고등학교 입학 후 나의 촌스러움이 얼마나 강렬했던지 늘 이름 대신에 '모범 촌사람'으로 불리었다. 처음에는 가까운 몇몇 친구들에게 듣다가 나중에는 학급에서, 그리고 얼마 후에는 전 학년이 나를 그렇게 불렀다. 그리하여 '나'라는 사람은 아주 자연스럽게 모범 촌사람으로 통하게 되었다.

모두 아무런 악의 없이 그렇게 불렀고, 나도 약간 쑥스

럽기는 했지만 불쾌하지 않았다. 촌에서 군 소재지를 거쳐 시에 왔으면 속히 도시 사람다워져야 하는데, 나는 그렇지를 못했다. 말씨, 옷차림, 처신 등이 바뀌지 않았던 것이다. 반면에 이 별명 덕분에 빠르게 많은 학생에게 유명해졌고 학생들과 더 빨리 가까워지게 되었다.

이후 대학 과정과 여러 경험을 하고 나서 십여 년이 지났을 때다. 이 정도 세월이면 도시인으로 교화되었을 법했다. 한 세미나에 참석했는데, 어떤 분이 내게 "어떻게 냄새도, 색깔도 촌스러우면서 도시풍과 자유스러울 수 있느냐"고 물어왔다. 그는 순전히 호감으로 한 말이라고 전제했다. 그때 나는 아무 대답도 못했지만, '도시풍과 자유스럽다'라는 표현에 의아해하면서도 '냄새도 색깔도 촌스럽다'라는 말에는 솔직히 나 자신도 공감했다. 아마도 그 말뜻은 도시에 오래 살았으면서도 아무 거리낌 없이 촌스럽게 살 수 있느냐는 말이었을 것이다. 나도 자신의 이런 면에 대해 답답할 때가 많았지만, 이제는 익숙해졌다. 오히려 이런 내가 좋아졌다고나 할까?

'모범 촌사람'이라는 말이 함축하고 있는 의미를 골똘히 생각해 보았다. 옛스러운 것, 꾸밈이 없는 것, 본 대로 느낀 대로인 것, 거래적이지 않고 지나치게 정적인 것, 보수적인 것, 껌 같지 않고 찐쌀 같은 것, 철새 같지 않고 텃새 같은 것, 단순하고 순박하면서 우직스러운 것, 스트레스 같은 게 없는 것, 새로운 것에 둔한 것, 도시나 현대 속에서 고향을 느끼게 하는 것, 풍성하지 못해도 여유와 넉넉함으로 사는 것, 작은 것에도 감사가 넘치는 것, 그리움이 구름 떼로 모이는 곳, 너무나 인간적이고 자연적인 것, 울적해서 외치면 메아리가 있는 곳, 여론이나 인기에 끌려가기보다 외롭게 지내는 것, 붐비거나 잘 보이는 곳은 아니지만 그렇다고 숨은 곳이 아니면서 그저 물러서 있는 위치를 좋아하는 것, 해보다는 달 같은 것, 별난 주인공 같지 않고 멋진 조연 같은 분위기가 아닐까?

이런 촌스러움이 몸에 배어 있는 사람, 그것도 모범적으로 되어 있다는 인상을 주는 사람이 모범 촌사람이다. 이렇게 좋은 말로 나를 불러준 옛 친구들이 촌스럽게 그리워진다. 요즈음에는 그렇게 불러주는 고마운 분이 없다. 내가 변한 것일까? '모범 촌사람' 대신에 이웃집 아저씨 같다는 말을 간혹 듣는다. 이런 말이라도 놓치지 않아야 할 텐데 하는 심정이다.

# 우리 집 가족사진

나는 사진기 앞에 서기를 두려워한다. 결혼 예식에서 주례를 맡게 될 경우 사진이나 비디오로 촬영되어야 한다는 것이 부담스럽다. 잘생긴 남자라면 이런 일에 자신이 있지 않을까 하여 늘 부러워했다. 할 수 있으면 되도록 사진 찍기를 피했던 데에는 이런 이유가 있다.

우리 집에는 나의 이런 고집 때문에 가족사진이 없다. 온 가족이 한 장에 찍힌 것이라고는 막내가 고2가 될 때까지 두어 장의 스냅 사진뿐이었다. 오래전 1월에 큰아이가 군에 입대할 날이 가까워지자 이 기회에 가족사진을 찍어 두자는 의견이 쏟아지더니 드디어는 그 소용돌이(?)가 나를 이겨냈다.

가까운 사진관에 갔다. 긴장하지 말라는 충고를 사진사로부터 들어가면서 여러 판을 찍고 그중에 제일 잘된 것을 현상했다. 내 얼굴은 그런대로 괜찮았지만, 아내의 옷차림이 좋지 않았다. 큰 아이가 입대하기 바로 전날 또 한 번의 용단을 내리고 이번에는 유명한 다른 사진관으로 가서 찍기로 했다. 또다시 긴장하지 말라는 경고(?)와 감독을 받으면서 여러 번의 촬영 끝에 지친(?) 몸으로 사진관을 나왔다. 군에 갈 놈은 가고 다시 찍을 수 없는 시기에 큰 금액을 치르고 사진이 든 액자를 찾아왔다. 아내는 평소처럼 잘 나왔는데, 나만은 전보다 못하게 나왔다. 둘째와 셋째가 하늘을 보고 한숨을 쉬며 웃었다.

아내가 거실에 사진을 걸었다. 새것이 아닌 이전 사진을 걸어 놓았다. 나는 의아한 생각이 들긴 했지만, 그래도 새것을 걸라고 주문했다. 듣질 않는다. 명령을 했다. 그것도 수차례나. 아내는 고집스럽게 내 말을 듣지 않는다. 사진 속 자기 모습은 선택 기준에 두지 않고 못생긴 남편의 모습이 잘 나온 사진을 골라 걸은 모양이다. 그 가족사진을 볼 때마다 남편 본위(本位)로 사는 아내의 삶, 그 뒤에 깔린 소박하고 고운 철학을 읽는다. 그 고마움 때문에 아내의 잘못 찍힌 얼굴이 담긴 사진을 보며 나는 요즈음 많이 약해지고 있다.

# 장날 이야기

어린 시절 내가 살던 곳은 소읍에서도 멀고 산촌이면서 강촌인 작은 마을이었다. 그 시절에는 닷새 걸러 장이 설 때마다 어머니를 따라 장터에 가고 싶어 했다.

읍장(邑場)은 삼십 리 밖에 있었고 그보다 작은 면장(面場)은 이십 리 길에 있었다. 어쩌다가 어머니를 따라나설 수 있는 행운의 날에는 신비의 세계에 들어선 것처럼 즐거웠다. 산을 돌고 강을 건넌 뒤 길게 뻗은 신작로 자갈길도 힘든 줄 모르고 따랐다. 작은 물길이 모여 시내가 되고 강이 되고 바다가 되듯 사방에서 사람들이 모여들어 장터가 가까워질수록 인해(人海)가 되어갔다. 팔고 싶은 사람과 사고 싶은 사람이 팔 것을 들고 살 것을 찾아 이고 지고 모였다.

무겁게 짐을 머리에 이고 힘겨운 걸음 재촉해 삼십 리 길을 달려오신 어머니는 장터에 이르면 더욱 바빠지셨다. 바쁘기는 다른 사람들도 마찬가지였다. 팔기 위해 바쁘고, 사기 위해 바빴다. 많은 사람, 서두르는 걸음, 얽히는 왕래와 범람하는 욕구들로 장터는 붐볐다. 팔기 위해 사정하고, 사기 위해 흥정한다. 그래도 남은 것이 있어 늦어지는 오후가 되면 팔 사람을 찾아, 살 사람을 찾아 속마음은 발걸음보다 더 북적였다.

그러다가 하루가 저물어가고 먼 길 차림의 장꾼들은 어둑어둑해지는 길에서 잘 판 이야기, 잘 산 이야기, 못 판 이야기, 못 산 이야기를 돈 없이 사고팔면서 걷는다. 그러던 중에 누군가가 모두 들으라는 듯 큰소리로 "이놈의 사주팔자는 사고팔고 안 되는가?" 하고 탄식했다. 그 말에 모두가 의미 있게 웃었다. 정말 팔고 싶은 물건을 못 파는 사정, 정말 사고 싶은 물건을 못 사는 한을 말한 것이다.

그것을 팔 수 있다는 소식, 살 수 있다는 소식을 가진 지금의 나에게는 저문 장날의 그 말이 점점 더 강하게 들린다. 예수 그리스도로 말미암아 사주팔자를 바꾸는 일, 나의 일을 재촉하고 있다.

# 나는 내가 싫다

모든 사람은 자기 자신을 사랑하기 마련이다. 나도 나를 사랑한다. 지나치게 사랑하는지도 모른다. 그런데 나는 나 자신에게 실망하고, 속고, 외면당하기까지 하면서 살아왔다. 그래서 나는 내가 싫다.

무기력, 게으름, 망설임, 미지근, 무질서, 무계획적인 내가 싫었다. 집중력의 부족, 인내의 부족, 결단력의 부족, 열정이나 추진력의 부족, 대중적이지 못한 나, 결집력의 부족 등 그 결과로 무엇 하나 뚜렷하게 성공해 본 적이 없었다. 그래서 나는 내가 싫다.

어릴 때부터 나는 꿈이 많았다. 늦게 글자를 익히고 나서 책을 많이 읽으면서 사는 것이 소원이었다. 그러나 그렇게 하지 못했다. 공부를 많이 하는 것이 소원이었다. 좋은 글을 많이 쓰고 싶었다. 어려운 사람이나 억울한 사람을 위해 봉사하는 삶을 살고 싶었다. 가르치는 선생으로 살고 싶었고, 원하기도 했다.

존경받는 목회를 해야지 하면서 신학교를 찾았다. 일할 때는 일에 빠져들고, 놀 때는 멋지게 놀 줄 아는 멋쟁이가 되고 싶었다. 하지만 소원대로 된 것은 하나도 없었다. 나는 나를 정말 싫어한다. 그러고도 나는 나 자신이 무능하긴 해도 선하고 성실하다고 생각해 왔다. 허물없는 사이에서 허물없이 떠들 수 있을 때는 은근히 자랑하기도 했다. 나는 내가 부끄럽다.

또 하나의 가을을 맞으며 나를 뒤돌아본다. 무엇보다 분별력의 부족이 나를 슬프게 한다. 잘못된 판단과 잘못된 계획이 너무나 많았다. 시간을 되돌려 다시 인생을 산다면 이렇게 살지 않겠다고 가슴을 쥐어박아 본다. 지금 뒤돌아보면 잘못투성인데, 그때는 왜 그렇게 다른 생각이나 다른 소리를 들을 수 없었을까? 나를 속인 건 바로 나였다. 그래서 나는 나를 싫어한다.

고등학교를 졸업하고 나서 가난 때문에 고생에 빠져 사시는 어머니에게 대학에 진학하게 해 달라고 부탁했다. 어머니는 "무슨 힘으로 너를 대학에 보낼 수 있겠느냐"고 대답하셨다. 나는 많은 고민 없이 대학 가는 걸 포기하겠다고 했다. 그때 어머니가 호통을 치셨다. "무슨 남자가 그렇냐? 한 번 가기로 했으면 가야지!"

오늘은 내가 나를 향해 호통을 치고 싶다.

"무슨 남자가 그렇냐?"

신기하게도 하나님은 멍청한 나와 함께하셔서 멍청한 중에 까다로운 일도 지나가게 하셨고, 오늘처럼 편안하게 살게도 하신다. 생각하면 모든 것이 하나님께 감사한 것뿐이다. 그런데 그 감사도 제대로 못 하니, 나는 깨닫고도 하지 않는 내가 싫다.

# 나보다 나은 그 사람

　나는 어릴 때부터 운동이나 기술에 둔한 사람이었다. 이만저만 둔한 게 아니었다. 지금까지 못 하나도 제대로 쳐 보지 못했으니까 말이다. 운동이나 기술만 그런 게 아니다. 무엇을 깨닫는 데도 순발력이 답답할 정도로 모자란다. 그래서 주변 사람들을 답답하게 할 뿐만 아니라 자신을 가장 답답하게 만든다.

　그런 내가 나이 오십에 운전면허를 따기 위해 운전학원에 다니고 면허시험을 치러 다녔다. 자꾸 떨어지니까 학원 선생도 답답해하고 시험관들도 답답해했다. 이런 답답한 친구가 있을까? 같이 학원을 다닌 사람 중에는 연수뿐 아니라 초보운전 딱지도 뗀 사람이 있었다.

원서 뒷면은 수입증지로 가득 채워졌고, 그것에 비례해 부끄러움이 나의 마음에 차오르고 있었다. 나중에는 가족들에게도 비밀로 하고 면허시험장을 다녔다. 접수를 위해 수입증지를 붙일 때면 남이 못 보도록 보안에 최선을 다했다.

그날도 벽으로 돌아서서 하나님과 나만 아는 비밀이기를 소원하며 수입증지를 붙이고 있었다. 뒤에서 나의 등을 치며 누군가가 "목사님!" 하고 불렀다. 나는 그때 얼마나 놀랐는지 모른다. 하마터면 원서를 바닥에 떨어뜨리며 기절할 뻔했다. 나를 그토록 놀라게 한 사람은 우리 교회 K군이었다. 당황해하는 나를 대하며 그도 어색해지려는 순간에 자기 원서를 내밀며 뒷면을 휙 보여 주었다. 그리고 "내가 목사님보다 엄청 더 많이 붙였지예?" 하고는 얼른 집어넣었다. 그와 나는 함께 웃었다.

K군의 원서 뒷면 사정이 그의 말대로인지는 너무도 놀란 순간이라 제대로 확인하지 못했다. 하지만 평소의 그의 재질(才質)을 생각해 보건대 그렇지 않을 것이다. 어쨌든 그로 인해 내 마음이 편안해지고 자유로워질 수 있

었다. 입장이 바뀌었다면 나는 그리 못했을 것이다. 나는 그 자리에서 속으로 '내가 너보다 낫다'라고 외치지 않았을까?

성경에서는 "즐거워하는 자들과 함께 즐거워하고 우는 자들과 함께 울라"<sub>(로마서 12:15)</sub>고 했는데, K군은 나의 부끄러운 모습 앞에 자신의 부끄러운 것을 드러내 보였다. 그의 온유함과 친절함이 너무나 고마웠고, 그래서 그를 볼 때나 그 일이 생각나면 '나보다 나은 그 사람' 하고 마음으로 되풀이해 본다.

# 온유해진 사람

송아지는 참 별나다. 힘이 넘쳐서 그렇고, 자기 통제력이 없어서 그렇다. 이런 어린 소가 자랄 만큼 자라면 농촌에서는 일을 시켰다. 멍에를 씌워서 쟁기를 끌게도 하고 수레를 끌게도 했다. 요즈음 우리 주위에서는 이렇게 일하는 소를 잘 볼 수가 없으나 몇십 년 전에는 소 하면 주로 이런 소였다.

송아지가 자라서 일소가 되는 과정은 초보가 숙련공이 되는 그것보다 더 힘들다고 한다. 처음 멍에를 씌우면 보통으로 설치는 것이 아니다. 아주 사납게 된다. 그래서 코뚜레를 코를 꿰고 한 사람은 앞에서 쇠코뚜레를 잡아

끌고 다른 사람은 쟁기와 고삐를 잡고 호령한다. 그래도 이리 뛰고 저리 뛰다가 갑자기 서 버리기도 하고, 주저앉기도 하고, 뒷걸음질하기도 해서 애를 먹는다. 이러기를 수없이 반복하다가 결국 길들여진다. 완전히 길들여지면 쟁기를 잡고 모는 주인이 시키는 대로 이랴 하면 가고 좌로 하면 좌로, 우로 하면 우로, 워워 하면 서고, 쟁기를 들고 뒤로 당기면 뒷걸음질해 준다. 이렇게 길들여진 소를 두고 온유해졌다고 말한다.

그러면 온유해진 사람은 어떤 모습일까? 유대를 포함한 중동 지방에서는 소 두 마리가 하나의 큰 쟁기를 끈다. 이때의 한 쌍의 소가 끄는 쟁기를 겨리라고 하고, 또 두 마리를 한 단위로 셈하는 단위를 가리키기도 한다. 겨릿소, 즉 두 마리의 소가 같은 멍에를 메고 큰 쟁기를 끄는 것이다. 그중 하나가 숙련된 소라면 다른 하나는 그렇지 못한 소로 한다. 이때 하나가 주인이 원하는 대로 걸으면 다른 하나가 못 견뎌 하면서 딴짓을 하고자 해도 자기 마음대로 할 수 없다. 길들여진 소와 한 멍에를 메고 함께 일하면서 주인과 일에 점차 합당하게 되는 것이다. 먼저 온유해진

선배처럼 자연스럽게 온유해져 간다. 온유해짐에 있어서 먼저된 자와 교제하는 것은 혼자의 노력으로 달성하기보다 얼마나 쉽고 가벼운 것이겠는가?

예수님이 우리에게 말씀하셨다.

"나는 마음이 온유하고 겸손하니 나의 멍에를 메고 내게 배우라 그리하면 너희 마음이 쉼을 얻으리니 이는 내 멍에는 쉽고 내 짐은 가벼움이라 하시니라" (마태복음 11:29~30)

예수님은 온유함의 모델이시고, 그러기 위한 지혜와 능력이 충만하신 분이다. 주님과 한 겨리가 되어, 주님과 같은 멍에를 멘 한 쌍이 되어 이렇게 주님의 멍에를 메고 그분을 배우는 것은 평안하고 복된 일이 아니겠는가? 이렇게 함께 살자고 우리를 부르신다.

"수고하고 무거운 짐 진 자들아 다 내게로 오라 내가 너희를 쉬게 하리라" (마태복음 11:28)

온유해진 사람은 복이 있다. 온유한 자를 하나님이 기

뻐하시고 쓰신다. 하나님이 쓰실 때 온유한 사람은 순종한다. 하나님이 가르치고자 하실 때 온유한 자는 배운다. 그는 언제나 양보하고 배운 대로 살아간다. 우리가 온유해지면 좋은 신자가 되고, 좋은 아버지도 되고, 좋은 아들도 될 수 있다. 온유해진 사람은 많이 심고 많이 거둔다. 땅을 기업으로 받을 것이고, 풍성한 화평으로 즐길 것이다(마태복음 5:5, 시편 37:11). 그리고 온유한 사람이 온유한 자를 낳는다.

우리를 사랑하시는 주님, 온유한 자 복되게 하시는 주님, 그가 우리에게 온유하신 자기를 배우라고 하신다.

# 자유했던 그 사람

나는 고등학교를 달동네보다 생활 환경이 더 불편한 곳에서 다녔다. 그래도 당시 우리 가정의 형편을 생각하면서 어머니와 형제들에게 미안해하고 감사했다. 시골에서 고등학교에 진학할 수 있는 수준에 모자라도 한참 모자라서 먹고살기에 허덕여야 하는 형편이었기 때문이다. 하지만 학교 친구들 앞에서는 그런 동네에 있는 내 자취방이 부끄러웠고, 마치 유부남의 정부(情婦)처럼 비밀로 해 두고 싶어서 늘 숨겼다. 그런데 그 방을 부끄러워한 지 일 년 정도 된 어느 때부터는 방이 아니라 그런 나 자신을 부끄러워하게 되었다. 거기서 방 때문이라면 나보다 더

우울해야 할 상황인데 전혀 밝게 살고 있는 친구를 사귀는 행운을 하나님이 내게 주셨기 때문이다.

나는 2년 정도 늦은 공부를 하고 있었고, 그 친구는 나보다 나이가 세 살 위였다. 정신적 성숙의 정도를 말하자면 그의 나이보다 훨씬 더 높을 것이다. 그 시절 나는 촌에서 온 학생인 데다 촌스러움이 너무도 정직했기에 모범 촌사람으로 불렸다. 내 생각에만 빠져 살았지, 분위기와 주제를 파악하고 순발력 있게 적절한 말과 행동으로 서로의 관계를 친숙하게 만드는 매끄러움 같은 건 일절 없었다. 지금도 부족하지만, 그때는 부족한 정도가 아니라 0점 이하였다.

그런데 그는 처음부터 언제나 어색하게만 구는 나를 친구로 대해 주었다. 헌책방에서, 영화관에서, 교회에서, 산등성이에서, 나의 방에서, 그의 방에서, 그가 다니는 고등공민학교(高等公民學校)에서 평안하고 자유롭게 지냈다. 방학 첫날은 함께 밤의 깊은 곳까지 가서 웃었다. 그때 그의 많은 독서량에 놀라워했고, 책읽기와 사색하기를 그때 비로소 배우기 시작했다. 만일 그와 내가 위치나 입장이 바뀌어 만났다면 나는 그처럼 못했을 것이다. 고

마운 마음이 산이 되었다.

그의 아버지는 사업에 실패한 후 오랜 투병 끝에 많은 가산을 바닥내고 돌아가셨다. 그래서 사범 고등학교를 다니던 그는 중퇴할 수밖에 없었다. 어머니는 역전 거리에서 큰 항아리를 안고 앉아서 감주(甘酒) 장사를 했다. 더우면 차가운 것을, 추울 때는 따뜻한 것을 팔았다. 더우나 추우나, 눈비가 와도, 바람 불어 먼지가 휩쓸고 다니는 속에서도 잘 살던 마님이 거리에서 장사를 해야 그 집 생계가 그나마 유지될 수 있었다. 어린 여동생은 공장에 다니며 늘 불평이었다. 그는 야간 고등공민학교에서 구두닦이, 신문팔이, 껌팔이를 비롯해 공장에 다니는 아이들을 가르쳤다. 개중엔 그보다 높은 연배들도 많았다.

1960년 전후 우리네 형편이 그러했다. 그의 키는 작은 편보다 더 작아서 늘 아이들에게 놀림받기도 했다. 그런데 자신의 처지와 너무도 다르게 그는 항상 밝은 모습으로 다녔다. 누구에게나 웃음 넘치는 모습으로 대했다. 나의 눈에는 그의 이런 면이 부럽고 자유스럽게 보였다.

그는 좋은 얼굴의 사람이었다. 어떤 기대감이나 누구를 그리워하는 듯한 분위기에 강한 의지를 느끼게 하는 얼굴이면서 늘 웃음을 머금고 있었다. 그의 마음에는 몇 겹의 계곡이 있고, 그다음에는 넓은 공간으로 되어 있는 듯했다. 아무리 거친 바람이 불어와도 그의 마음을 지나 그의 얼굴에 이를 때면 고요하면서 활짝 핀 웃음으로 나타났다. 또 그의 마음에는 커다란 정수장이 있고 강물이 흐르는 듯했다. 아무리 더럽고 탁한 급류가 흘러들어도 정화된 진실이 강물로 흐르고 그 물에 젖은 깊은 웃음을 얼굴로 보여 주었다. 비난의 소리를 들으면서도 칭찬의 말을 들을 때처럼 웃었다.

좋게 대하는 사람에게도, 까다롭게 대하는 사람에게도 그는 웃음을 잃지 않았다. 그는 '예'와 '아니오'가 분명한 사람이었는데, 옳다 할 때도 웃으며 하고, 거절도 웃음으로 하고, 강요하는 요청을 벗어날 때도 끝까지 웃으며 제자리를 지켰다. 장미는 어떤 곳에 심어도 장미로 피듯이 그는 어떤 일을 당해도, 누구와 함께 있어도 언제나 싫지 않은 웃음을 피우고 있었다. 그는 아무리 힘들고 괴로운 일이라도 자신에게 오는 것이라면 피하지 않았다. 그의 얼굴과 웃음에는 그런 아픔이 있고, 그런 것을 당연한 것으로 받아들이는 겸허함이 있으며, 이겨나가는 인내의 힘과 저만큼 서서 자기를 보는 여유가 있었다.

그의 웃음은 우리를 편하게 하고, 함께 웃고 말하게 하고, 활기를 창조하는 웃음이었다. 밝으면서도 가볍지 않고, 자기를 벗어나지 않으면서도 많은 것을 수용하며, 진한 주장이 있으면서도 대립이나 억지가 없었다. 물이 끊이질 않는 샘처럼 무더위에 커다란 그늘을 만드는 듯한 웃음이 그의 작은 몸에는 늘 배어 있었다. 그의 이런 웃음은 그의 자유함의 꽃이었다.

그의 생활은 특별한 일이 없을 때면 내내 독서에 몰두한다. 늦은 오후가 되면 시내를 누비며 자기가 가르치는 거리의 아이들을 찾아다녔다. 저만치에서 찾는 학생이 보이면 그 아이의 이름을 부르며 오른손 주먹을 힘있게 치켜들고 "힘내! 힘내!"를 외치며 격려했다. 그러다가 학교로 갔다. 아이들은 선생님을 무척이나 좋아했고, 그 또한 스스로 행복해했다. 수업이 끝난 밤늦은 시간에도 학생들 속에서 동화의 꽃을 피웠다. 그리고 집까지 가는 길이 험한 아이들을 힘센 아이들과 함께 데려다주고 통행금지 시간인 12시 즈음에 가까스로 자기 방에 들어섰다.

나는 무척이나 그를 닮고 싶었지만, 나로서는 촌스러

움에서 벗어나 그와 같이 자유로울 수 없었다. 그와의 교제가 깊어진 지 오래되었을 때 진지하게 이런 고민을 털어놓았다. 나는 왜 그처럼 밝고, 깊이가 있고, 당당할 수 없는 것인지를 말이다. 그때 그가 나의 관심을 꼼짝 못 하게 붙들고 한 말은, "나 혼자 있을 때의 내 모습을 본 일이 있소? 없지요?" 하며 어색해했다.

사실 그런 경우는 있을 수 없었다. 그의 말로는 혼자일 때면 자기 연민에 깊이 빠져들어 고뇌의 해일에서 자신을 잃어버린다고 했다. 그러면서 나에게 오늘의 우울하고 내면적으로 타는 듯한 고민들이 내일의 밝고 깊은 언어와 행동으로 나아가게 할 것이라고 했다. 그것은 내게 맞는 말이 아니라 그 자신에 대한 표현으로 적확했다.

혼자서 깊이 빠져들어 얻은 것이 있기에 언제나 모든 사람에게 그럴 수 있었던 것이다. 깊은 고민, 깊은 묵상, 깊은 기도로 이겨낸 그의 불행은 이미 불행이 아니었다. 그런 것들이 그를 옭아맬 순 없었다. 당시는 그저 그가 좋았지만, 지금에 와서 생각해 보니 그의 나이가 어렸음에도 그만이 할 수 있었던 것에 대해 놀라지 않을 수 없다.

# 은퇴와 코스모스 심기

여러 목사님이 은퇴하셨다. 그중에는 여전히 건강한 분들도 많다. 은퇴한 후에는 교회를 담임하지 못하지만, 다른 방면에서 활동하는 분들이 있다. 기도원, 선교회, 개척 교회, 후원회, 부흥회, 전도 여행, 농사일 같은 간단한 일거리 등 나름의 활동을 이어가고 있다. 그저 쉬면서 지내는 것보다 좋아 보인다. 어느 날 친구 목사들과 함께 대화하는 중에 은퇴 이야기가 나왔고, 그때가 오면 어떻게 살 것인지 서로 말했다. 아직은 그런 걱정을 할 나이가 아닌데도 다 나름대로 뜻을 가지고 있었다.

나는 아무 준비 없이 그 순간에 생각나는 대로 말했다.

“산골에 가서 묵은 땅에 코스모스를 심겠다.” 그리고 함께 웃었다. 그 후로 나 자신도 그때 그 말에 매력을 느끼게 되었다. 내 고향, 그 골짜기에 코스모스가 가득 피어 있는 그림을 상상해 보곤 한다. 얼마나 아름다운 장면인가?

나의 고향, 경남 의령군 정곡면 적곡리 덕골 부락은 앞으로는 남강이 흐르는 작은 골짜기다. 지금은 부산에서도 차로 한 시간만 달리면 가볼 수 있는 멋진 산골이다. 요즈음은 농사짓는 사람이 많이 줄어들다 보니 버려져 묵은 땅이 많다. 여기에 은퇴한 백발의 목사가 와서 코스모스를 심는다면 어떨까? 어릴 적 추억이 가득한 그곳에 친구들, 어머니와 누나, 형들과 동생들, 그때의 이웃들, 그리고 사십여 년의 교역과 목회 생활에서 함께 수고한 얼굴들을 생각하면서 골짜기부터 길가까지 넘치도록 꽃을 피우고 싶다. 소문이 나서 가을이 오고 사람들이 몰려오면 나는 함께 즐거워하며 더 좋은 천국 이야기로 복음을 꽃피우고 싶다.

사랑하던 사람들과 사랑하는 사람들, 그리고 함께하는 사람들과 거기서 만나 더욱 영적인 관계로 꽃을 피우고, 사진을 찍고, 박수하고, 밝은 장래를 열고, 혹시라도 그때까지 못 푼 미움의 잡초가 남아 있으면 꽃들의 잔치에서 죽여 버리고 웃고 싶다. 그리고 어느 날 주님이 꽃피어 있는 그 마음 그대로 하나님의 부름을 받고 잠자듯, 꿈꾸듯 하늘의 꽃밭에 들어서고 싶다. 이것이 꿈으로만 끝날지, 현실로 이루어질지 나도 모른다. 이런 생각을 하는 것만으로도 행복하고, 어떤 미래도 두려워하지 않게 만든다. 그리고 오늘 나는 기도한다. 무엇을 하며 내 생의 마지막을 보내든지 코스모스 속에서처럼 내 영이 밝고 깨끗하게 주님의 품에 안기기를 소원한다.

# 제 5 장

# 모래로 살며
# 별을 바라보다

# 새김질1

　새김질은 두 가지 사실을 표현하는 말이다. 첫째는 나무, 돌, 쇠 등의 바탕에 글이나 그림을 파서 새기는 일을 말한다. 도장, 비석, 목판, 석판, 동판 등이 새김질해서 만들어진 것이다. 잘 새겨진 것은 오래 간직되고 전달된다. 고도의 기술과 좋은 내용은 그 가치를 무한히 높여 주기도 한다. 버려질 뻔한 한 조각의 돌이라도 명공에 의해 명구나 명화가 새겨지면 이전과 비교할 수 없는 고유의 가치를 갖게 되며, 시간이 갈수록 그 가치가 올라간다.

　하나님은 친히 두 돌판에 십계명을 새겨 모세를 통해 이스라엘 백성에게 주셨다(출애굽기 31:18; 34:28). 또 선지자

예레미야를 통해 새 언약으로서 하나님의 법을 우리 마음에 기록하셔서 그는 우리 하나님이 되시고, 우리는 그의 백성이 되리라 약속하셨다(예레미야 31:33).

바울 사도는 그리스도인을 그리스도의 편지라고 전제하고, "이는 먹으로 쓴 것이 아니요 오직 살아 계신 하나님의 영으로 쓴 것이며 또 돌판에 쓴 것이 아니요 오직 육의 마음판에 쓴 것이라"(고린도후서 3:3)고 했다. 성령님이 예수 그리스도를 우리 마음에 새기신 것이다. 곧 그리스도의 생명과 지식과 아름다움과 힘과 뜻을 우리에게 새겨 넣으신 것이다.

명공이 돌에 글이나 그림을 새기는 일도 가치 있는 일이다. 하나님이 그의 계명을 돌에 새기신 일은 선민 이스라엘과 인류에게 얼마나 큰일이었는가? 그리스도가 마음에 새겨지고 영생하며 그의 편지가 된 것은 비교할 데 없이 가치 있고 영화로운 일이다. 그리스도인은 누구나 그런 사람이다. 그러므로 땅에 있는 성도는 "존귀한 자"이며, "나의 모든 즐거움이 그들에게 있도다"라고 노래하게 된 것이다(시편 16:3).

우리는 그 값어치에 조화되게 살아야 한다. 그런데 다

른 그리스도인보다 앞서가던, 분명히 앞서가던 바울도 "온전히 이루었다 함도 아니라 오직 내가 그리스도 예수께 잡힌 바 된 그것을 잡으려고 달려가노라"(빌립보서 3:12)고 했다. 이 말은 바울이 그리스도께 속하였고 그리스도를 소유하였으되, 완전하게 속한 것이 아니므로 그리스도를 더욱 본받기 위해 최선을 다하겠다는 말이다. 즉 그리스도가 우리 마음에 새겨져서 그의 편지가 되었으나, 여전히 부족하므로 더욱 그를 마음에 새김질해서 그의 편지 역할을 하기 위해 힘을 다해야 한다.

그리스도가 우리에게 새겨져서 영생을 얻었다. 그러나 아직 부족하다. 성령께 의지해서 우리 마음판에 하나님의 말씀을 새김질하기를 힘써야 한다. 그럴 뿐 아니라 더 확실히 하기 위해 우리는 쓸모없어 영원히 버려질 수밖에 없는 우리 이웃들의 마음판에 영생의 그리스도를 새겨넣어야 한다. 하나님은 우리로 그리스도를 새김질하는 명공으로 삼으셨다. 명공으로서 우리의 일이 얼마나 좋은 것인가?

# 새김질 2

'새김질'이란 단어가 앞서 말한 대로 나무, 돌, 쇠 등의 바탕에 글이나 그림을 파서 새기는 일의 의미가 있다면, 다른 의미로는 소나 염소 등의 초식동물이 한 번 삼켰던 먹이를 입으로 게워 내어 다시 씹는 일[반추(反芻), 되새김]을 말한다. 새김질하는 동물은 위가 네 개다. 식물을 먹으면 제1위(혹위)에 들어가고, 제2위(벌집위)를 지나 다시 입으로 나와서 충분히 새김질이 된 다음 제3위(겹주름위)로 들어가서 제4위(주름위)로 가면 거기서 분비되는 소화액으로 소화작용을 받아 소장으로 보내진다.

초장에서 부지런히 뜯어 넘긴 풀을 한가할 때 서서 새

김질하고 있는 소는 행복하게 보인다. 음식의 맛을 음미하여 즐기며 영양을 섭취하는 모습, 그것에서 안정과 힘과 지혜를 느끼게 한다. 풀에 있는 영양이 새김질로 인해 충분히 소화되어 살과 피가 되는 것이다.

하나님은 구약에서 "모든 짐승 중 굽이 갈라져 쪽발이 되고 새김질하는 것은 너희가 먹되"(레위기 11:3) 그렇지 않은 짐승은 부정하니 먹지 말라 하셨다. 낙타는 새김질은 하지만 발굽이 갈라지지 않아 부정하고, 돼지는 발굽은 갈라졌으나 새김질하지 않아 먹지 못하게 하셨다. 신약의 그리스도인에게는 먹을 음식과 먹지 못하는 음식의 구별이 그리스도로 말미암아 없어졌지만, 레위기에서 그렇게 말씀하신 하나님의 뜻이나 교훈은 우리 마음과 생활에 새겨야 한다. 하나님의 말씀을 어떻게 소유하여 신앙화, 사상화, 인격화, 생활화해야 하는지를 가르쳐 주는 말씀인 것이다.

새김질하는 동물은 뿔이 있으나 위턱에 앞니와 송곳니가 없다. 게다가 육식동물에 비해 깨끗하고 온순하며 다른 동물에게 해를 끼치지 않는 평화스러운 짐승들이다. 굽이 갈라져 쪽발이 된다는 것은 그리스도인이 세상과 구별되게 살아야 함을 강조하는 것이다. 새김질한다는 것은 하나님의 말씀을 새김질하듯 묵상함으로써 영적으로 소화시켜서 복음에 합당하게 살고, 힘있게 일해야 한다는 뜻이다.

　사람들은 대개 '자기 생각에 옳은 대로'와 '성경 말씀대로'의 차이가 심하게 크다. 사람의 옳다고 하는 것(義)은 더러운 옷과 같다. 아담과 하와를 생각해 보라(창세기 2:17; 3:6). 하나님의 말씀을 새김질하여 그 말씀이 가르치는 그리스도로 옷 입어야 한다. 그 말씀으로 자기의 살과 피가 되게 해야 한다. 그래서 깊은 새김질, 끊임없는 새김질로 우리의 믿음과 생각과 언행이 깨끗하게, 온유하게, 지혜롭게, 힘 있게, 평화롭게 소망을 이루게 되는 복을 누리게 될 것이다. 그리하여 '나의 생각의 옳은 대로'와 '성경 말씀대로'가 항상 일치하는 수준에 이르게 될 것이다. 이를 위해 세상적인 데서 벗어나 높으신 하나님의 길을 걸을 수 있을 때까지 새김질하자.

# 자유

노예 제도가 폐지되기 전의 이야기다. 링컨은 한 노예 소녀를 샀다. 그것은 오직 그 소녀를 자유롭게 하기 위해서였다. 링컨은 소녀를 위해 대금을 지불했다. 그의 의도를 알 리 없는 소녀는 자기가 물건으로 취급되어 또다시 거래가 이루어진 줄로만 알았다. 또 그것을 당연한 것으로 받아들이던 소녀에게 링컨은 계획대로 자유증명서(Freedom Papers)를 건네주었다. 이에 이해할 수 없어 당황해하는 소녀에게 "너는 자유다"라고 부드럽게 진심을 말했다.

이 사실이 잘 믿어지지 않았던 소녀는 "자유라고요?"

하고 되물었다. 엄청난 신분의 변화에 격해지는 감격으로 눈빛을 반짝이면서 계속 말했다. "나는 내가 가고 싶은 곳으로 마음대로 갈 수 있나요?" "그럼 할 수 있지." 그때 소녀는 이렇게 말했다. "만일 내가 어디를 가든 자유라면 나는 당신 곁에 있으면서 죽을 때까지 당신을 섬기겠습니다."

이 소녀의 행운은 링컨에게서 자유증명서를 받아 법적으로 자유로워진 것만이 아니었다. 이보다 더 좋은 행운은 노예인 자기를 위해 대금을 지불하고 자유를 선언해 준 바로 그 사람을 새로운 주인으로 삼는 선택이 자유인으로서 그녀의 첫 결의(決意)라는 것이다.

자유로운 발과 선택권을 가지고 이 천지를 헤맨다 해도 링컨 곁에 있는 것보다 나은 행복을 만날 수 있겠는가? 소녀는 자유인이 되는 행운을 만났을 때 그것에서 비롯되는 행복을 최대화하는 데 성공했다. 그녀의 선택은 또 다른 노예화를 막고 자유와 행복의 최대화를 위한 최선의 선택 아니겠는가?

예수님이 십자가를 지셨다. 대속의 피를 흘리셨다. 죄의 삯인 사망에 대한 대가를 치르는 보혈을 흘리시고 우리를 살리셨다. 이를 통해 우리는 죄의 종된 신분에서 해방되어 자유인이 되었다. 죄로 말미암아 잃었던 생명과 자유를 찾은 것이다. 우리는 다시 찾은 생명과 자유를 영속화하는 행복을 위해 누구를 구주로 선택하는 결단을 해야겠는가? 죽을 때까지 링컨을 떠나지 않고 섬기겠다는 소녀에게서 행복의 지혜를 배우자. 사랑과 은혜는 새롭고도 기쁜 봉사를 하게 한다.

# 보호색

몸의 빛깔이나 모양을 변화시켜 다른 물건과 닮게 하여 일신상의 위험을 막는 현상을 두고 '의태(擬態)'라고 한다. 그중에서 특별히 빛깔을 주변 물체와 유사하게 하여 자신을 알아보지 못하게 함으로써 몸을 보호하는 것을 '보호색(保護色)'이라고 부른다. 일종의 위장술이자 속임수라 할 수 있다. 실체를 숨기고 진실을 왜곡되게 하는 것이기도 하다.

메뚜기가 풀색을 한 것이나, 배추벌레가 배춧잎과 동일한 색을 한 것이나 자벌레가 나무가지색을 한 것 등이 이에 속한다. 군복의 색이 이런 원리에서 따온 것이다. 이런 원리는 군복만이 아니라 생활 속에 여러 모양으로 나타난다. 일제강점기 시절 일본식으로 열심히 산 조선 사람들이 많았다고 한다. 광복이 되자마자 그들은 또 재빠르게 미군정(美軍政)과 자유당 정권에 스며들었다. 그 후에도 정계나 재계에는 변화가 있을 때마다 색깔을 바꾸며 처신한 사람들이 얼마나 많은가? 이기적인 실리를 위해 아첨하던 무리는 보호색을 잘도 사용해 왔다. 유사하게 1987년에 일어난 '오대양 집단 자살 사건'과 같은 것은 기독교를 보호색으로 해서 일어난 일이다. 이러한 유사종교도 각별히 조심해야 한다.

부자이면서 가난한 척하는 것도 보호색이다. 무식한 자가 유식한 척하는 것도, 가짜가 진짜인 척하는 것도, 보고도 못 본 척하는 것도, 미워하면서 사랑하는 척하는 것도, 악하면서 선한 척하는 것도, 기쁘면서 슬픈 척하는 것도 보호색이다. 또한 순종하는 척, 고생하는 척, 겸손한 척, 믿는 척, 종이면서 자유한 척하는 것도 보호색이다. 그 반대의 경우도 그렇다.

바울이 여러 사람에게 여러 모양이 된 것은 몇몇 사람들을 구원하고자 하는 진실하고 희생적인 자기의 적극적인 표현이므로 보호색이 아니다(고린도전서 9:22). 그러나 복음서에 나오는 바리새인은 보호색을 잘하는 사람들이 었다. 그들은 회칠한 무덤이었다(마태복음 23:27). 겉모양은 좋았지만 속은 좋지 않았다. 경건한 척했지만 실상은 그렇지 못했다. 예수님은 그런 자들을 향해 분노하고 책망하셨다. 그리고 그들을 경계하라고 하셨다.

보호색을 하는 데 익숙해지면 신앙이 파괴된다. 인격이 파괴된다. 그러나 역사 앞에서는 보호색이 통하지 않았다. 역사의 주관자 하나님 앞에 보호색이 통할 수 있을까? 중심을 보시는 하나님, 진실을 기뻐하시는 하나님이시기 때문이다. 정직하게 행하는 자에게 좋은 것을 아끼지 않으시는 하나님이시다(시편 84:11).

회개한 척하는 자, 믿는 척하는 자, 경건한 척하는 자 등 그런 것으로 남을 속이는 자의 실상은 자기를 속이는 것이다. 하나님을 무시하는 처사이며, 자기 함정에 자기가 빠지는 격이다. 그러므로 거짓이 없는 믿음(디모데후서 1:5)과 깨끗한 양심에 믿음의 비밀(디모데전서 3:9)을 가지고 보호색 없이 성실하게 사는 자가 복이 있다.

우리 각자는 죄에 대해 스스로 보호색을 만들지 않도

록 각별히 주의해야 한다. 다윗은 자기의 죄에 보호색을 천재적으로 만들다가 하나님께 책망받은 것을 우리는 알고 있다(사무엘하 11~12장).

"자기의 죄를 숨기는 자는 형통하지 못하나 죄를 자복하고 버리는 자는 불쌍히 여김을 받으리라" (잠언 28:13)

# 전투와 전쟁

전투는 국부적이고 전쟁은 전체적이다. 대개는 한 전쟁에 여러 전투지가 있다. 한 전투지에도 여러 차례의 싸움이 계속되다가 승패가 결정된다. 전투에서의 승리는 수단적이며 일시적이다. 반면에 전쟁에서의 승리는 결정적이고 궁극적이다. 전자에서의 승패는 덜 중요하고, 후자에서의 승패가 더 중요하다.

전투에서 이기는 것과 전쟁에서의 승리는 깊은 관련이 있다. 그런데 전투에서는 이겼는데 전쟁에서 졌다는 말과 그 반대의 경우를 가리키는 말이 사실인 경우가 많다. 만약 독일과 일본이 침략해서 일으킨 첫 전투에서 패배했더라면 자국과 세계에 있어 얼마나 좋았겠는가? 또 그들이 철저하게 패배하고 무조건 항복한 국가가 된 것이 오늘날 그들의 경제 부흥에 보탬이 되었다는 것은 참으로 아이로니컬한 사실이다. 간첩의 경우에도 그럴 때가 많다.

우리 인생살이를 전투와 전쟁에 비유해서 이야기하자면 "전투는 이겼는데 전쟁에서 졌다" "전투는 졌는데 전쟁에서 이겼다"라는 말의 실례가 더 많다. 결혼해 주지 않는다고 애인의 식구들을 모두 죽여 버리면 자신도 죽음보다 못한 생을 살아야 한다. 1차적으로는 의도한 대로 했다고 생각하겠지만, 그의 생은 실패하고 만 것이다. 전투는 이겼어도 전쟁에는 진 결과가 되고 말았다.

요즈음 부모들 가운데 자식을 훌륭하게 공부시키는 데 성공했지만, 노령에 위로가 되는 자식은 없는 경우가 많다. 부부싸움에서 이겼는데 가정이 파괴되는 경우도 그렇다. 남들 보기에 배우고 출세하고 버는 데 성공했지만, 인간다움에, 정직에, 존경받는 데, 화합에, 가정에 실패하는 경우가 많다.

우리가 존경하는 바울은 삶의 전쟁에서 승리한 훌륭

한 모범자이다.



"근심하는 자 같으나 항상 기뻐하고 가난한 자 같으나 많은 사람을 부요하게 하고 아무 것도 없는 자 같으나 모든 것을 가진 자로다" (고린도후서 6:10)

바울은 사람들에게 실망하고 돌아오는 사람에게 필요한 존재, 철저하게 긍정할 것을 만나기 위해 부인하고 또 부인하다가 마침내 긍정할 것에 도달하는 사람, 소중한 단 하나를 위해 다른 모든 것을 양보하고 희생할 줄 아는 사람이었다.

그리스도인은 누구인가? 삶을 호화롭게 즐기던 한 부자(누가복음 16:19)보다 거지 나사로의 생을 승리로 보는 사람들이다. 전쟁에서 승리하기 위해 전투에서 적극적으로 패배할 수 있는 사람들이다. 자기 삶에 하나님의 모든 충만하신 것으로 충만케 하시는 것을 전쟁의 승리로 믿고 신념으로 삼는 사람들이다.

# 스펀지와 물

나는 스펀지를 생각하면 웃음이 난다. 스펀지를 생각하면 크게 놀란다. 스펀지를 생각하면 울고 싶어진다. 스펀지를 생각하면 경성(警省)하고 각오를 새롭게 한다.

스펀지는 흡수력이 아주 강하다. 물에 넣으면 마구 흡수해 버린다. 더럽든 깨끗하든 가리지 않는다. 스펀지의 운명은 여기서 결정된다. 이후부터는 원래 내가 이렇지 않았다고 해도 통하지 않는다. 더러운 것을 흡수했으면 더러운 것이 되고 만다. 그러면 버림을 받아야 한다.

아담과 하와를 스펀지의 형편에 비유하면 흙탕물을 흡수한 것이다. 사탄을 받아들였다. 닥치는 대로 받아들인 인생이 되고 말았다. 풍습, 유행, 물질, 사상 등을 구별 없이 받아들여 더러워질 대로 더러워진 스펀지 인생이 되어 버렸다. 스펀지의 주인이 어떻게 처리하겠는가? 이것은 바로 우리 이야기가 아닌가?

예수 그리스도도 크고 좋은 스펀지였다. 우리 모양으로 우리 가운데 오셔서 우리 모두의 죄악을 남김없이 다 흡수하셨다(이사야 53:6). 그리고 세상 죄를 지고 가는 하나님의 어린 양이 되셨다(요한복음 1:29). 마침내 이 죄를 씻는 고통으로 죽으시고 그 일을 다 끝내심으로 승리의 부활을 하셨다.

친히 나무에 달려 그 몸으로 우리 죄를 담당하셨으니 이는 우리로 죄에 대하여 죽고 의에 대하여 살게 하려 하심이라
(베드로전서 2:24)

여호와께서 말씀하시되 오라 우리가 서로 변론하자 너희의 죄가 주홍 같을지라도 눈과 같이 희어질 것이요 진홍 같이 붉을지라도 양털 같이 희게 되리라 (이사야 1:18)

이제는 우리가 그리스도 안에서 이렇게 깨끗한 스펀

지가 되었다. 허물과 죄로 죽었던 우리가 그리스도의 고난 속에서 순금같이 되어 살아나온 것이다. 스펀지가 물에 들어가면 물도 스펀지 안에 들어온다. 이는 그리스도와 그리스도인의 연합 관계를 나타내 준다. 내가 그리스도 안에 들어가면 그리스도께서는 내 안에 들어오신다.

내 안에 거하라 나도 너희 안에 거하리라 (요한복음 15:4)

너희는 하나님으로부터 나서 그리스도 예수 안에 있고 예수는 하나님으로부터 나와서 우리에게 지혜와 의로움과 거룩함과 구원함이 되셨으니 (고린도전서 1:30)

술 취하지 말라 이는 방탕한 것이니 오직 성령으로 충만함을 받으라 (에베소서 5:18)

너희가 내 안에 거하고 내 말이 너희 안에 거하면 무엇이든지 원하는 대로 구하라 그리하면 이루리라 (요한복음 15:7)

생수에 한껏 젖은 스펀지처럼 그리스도에 젖어들자. 그 행복을 맛보지 않았는가? 세상에는 결코 젖지 않도록 경성하면서.

# 숯불

갈릴리 바다로 다시 고기를 잡으러 간 제자들에게 부활하신 예수님이 찾아오셨다. 날이 새어 가는데도 그 밤에 아무것도 잡지 못한 제자들에게 "그물을 배 오른편에 던지라 그리하면 잡으리라"(요한복음 21:6) 하셨다. 또 제자들이 그렇게 하여 고기를 잡는 동안에 해변에서 숯불에 생선을 굽고 떡도 준비해 두셨다. 그때 제자들에게 그 숯불이 매우 인상적이지 않았을까?

숯은 나무를 숯가마 속에서 구워낸 것이다. 숯감으로 좋은 나무는 밤나무, 참나무, 상수리나무 등이다. 질 좋은 나무를 잘라 숯가마 속에 넣고 불을 붙인 후 275도 정도에서 24~48시간 경과 후 완전히 탄화됨을 보고 끄집 어낸다. 숯이 된 것이다. 숯이 된 후 다시 불에 타는 것이 숯불이다. 이 숯불의 발화점은 500도 정도이고, 최고 발 열 온도는 2천 도 정도 된다. 그리고 숯불에는 연기도, 냄 새도 없다.

예수님은 왜 숯불에 생선을 구우셨을까? 어부로 돌아 가 버린 제자들을 다시 불러 "네가 나를 사랑하느냐?"고 묻는 자리에 왜 숯불을 피워 놓았을까? 연기 나는 모닥불 앞에서 예수님을 알지 못한다고, 그의 도당이 아니라고, 그의 제자가 아니라고 주님을 부인한 베드로 앞에 있는 숯불은 그에게 강한 메시지가 되었을 것이다.

십자가를 향해 가시던 주님으로부터 "사탄아 내 뒤로 물러 가라 너는 나를 넘어지게 하는 자로다"라는 말씀을 듣던 베드로(마태복음 16:23), 보리떡 다섯 개로 오천 명을 먹이고, 떡 일곱 개로 사천 명을 먹이고도 주운 것이 열 두 바구니와 일곱 광주리된 일을 겪고도 떡을 걱정하던 그(마태복음 16:7), 예수님이 지상의 왕이 될 줄로 알고 그 렇게 될 때 주님의 우편이나 좌편을 탐내며 다투던 그(마 가복음 10:41), 모두 주를 버릴지라도, 또 죽을지라도 자기는 언제든지 버리지 않겠다며 허세 장담만 하던 그(마태복음 26:33, 35), 부활의 주님을 보고도 실망을 이기지 못하여 물고기 잡으러 가는 데 앞장선 그(요한복음 21:3), 그런 베드로는 숯불이 아니었다. 연기 나고 냄새나서 숨을 못 쉬게 하고 불쾌하게 만드는 생나무 모닥불이었다. 베드로는 분쟁을 일으키고 실망케 하고 탄식하게 만든 자였다. 하지만 그것으로는 안 된다. 숯가마 속에서, 그리스도 안에서 성령의 불에 다 타버리고 숯이 되어야 한다. 그리고 다시 불이 붙어 다른 사람에게 불을 붙일 수 있어야 한다. 제단 숯불같이 되어야 한다(이사야 6:6~7).

베드로와 다른 제자들 모두 오순절 성령의 불에 타버렸다. 그들은 숯이 되도록 타고 숯불이 되었다. 높은 열을 내는 숯불, 베드로의 연기나 베드로의 냄새가 없는 숯불이었다. 우리도 모두 주님의 숯불이 되자. 완전히 타버리고 다시 불의 삶을 시작하자. 오늘도 숯불을 피워 놓으시고 그 불에 구운 생선과 떡을 먹이시면서 "네가 나를 사랑하느냐?"고 물으시는 주님이심을 깊이 생각하자.

"주여, 나로 당신의 숯불이 되게 하옵소서."

# 해방과 자유

모두가 좋아하고 추구하고 증진시키고자 하는 것이 자유다. 이 자유에 매혹된 사람들이 해방을 찾는다. 해방이 먼저고 자유는 이어지는 것이다. 해방은 한시적이고 자유는 지속적이라야 한다. 자유는 해방보다 더 적극적이다. 자유는 사람답게 하는 것, 보람 있게 하는 것, 강하게 하는 것이다.

해방과 자유의 증진을 위한 노력은, 그 내면을 보면 모두가 죄로부터의 해방과 자유를 뜻한다. 우리 민족의 해방은 일본의 죄악으로부터 해방을 의미하고, 독재 시대의 민주화 운동은 정권의 잘못으로부터의 해방운동이며,

노사 분규는 주로 노동자가 사용자의 잘못을 시정하려는 노력이다.

그러나 자신들의 죄 문제를 해결하고자 노력하지 않으면 안 된다. 혁명에 의한 독재 타도는 또 다른 독재를 가져오고, 보복은 또 다른 보복을 불러일으킨다. 그러므로 "진리를 알지니 진리가 너희를 자유롭게 하리라"(요한복음 8:32) "아들이 너희를 자유롭게 하면 너희가 참으로 자유로우리라"(요한복음 8:36) 하신 주님의 말씀은 모든 경우에 통한다.

자유는 진리처럼 영구한 것이라야 한다. 일시적인 자유나, 자유를 파괴하거나, 포기하게 하거나, 제한시키거나, 병들게 하는 것은 자유가 아니다. 자유를 낳고 자유를 풍성케 하는 행동이 자유인의 취할 행위다. 자유를 파괴하는 행동은 자유가 아니라 방탕이다. 스스로 원하여 하는 행동이 자유며, 이 자유에는 평강과 만족으로 충만하다. 불안, 두려움, 걱정, 불평, 미움, 원한, 후회 등에 사로잡히는 것은 자유가 아니다.

그러므로 부도덕하거나 죄악된 것은 자유가 아니다.

유대인의 율법도 죄를 깨닫게 하고 해결하지 못하므로
그것에 의지하는 것은 옳지 않다.

"그리스도께서 우리를 자유롭게 하려고 자유(해방)를 주셨
으니 그러므로 굳건하게 서서 다시는 종의 멍에를 메지 말
라" (갈라디아서 5:1)

우리는 어디서부터 해방되었으며, 이제 무엇을 위한
자유를 추구해야 하는가?

형제들아 너희가 자유를 위하여 부르심을 입었으나 그러
나 그 자유로 육체의 기회를 삼지 말고 오직 사랑으로 서로
종 노릇 하라 (갈라디아서 5:13)
내가 이르노니 너희는 성령을 따라 행하라 그리하면 육체
의 욕심을 이루지 아니하리라 (갈라디아서 5:16)
주는 영이시니 주의 영이 계신 곳에는 자유가 있느니라 (고
린도후서 3:17)

하나님만 두려워하면 아무것도 두려워하지 않게 된

다. 마찬가지로 하나님의 종이 되면 모든 것에서 해방되고 자유로워진다. 하나님의 권위는 그 안에 있는 우리를 자유케 하고 평안케 하고 기쁨으로 서로 사랑하게 만든다. 성령의 열매와 은사가 그것을 보증한다. 예수 그리스도는 완전한 자유인의 모형이다. 성령에 충만한 사람들은 다 그를 닮아 간다.

# 사형과 무기형

사형선고를 받은 사람, 사형 집행을 기다려야 하는 사람의 마음을 당해 보지 않은 사람은 짐작도 할 수 없다. 그들의 긴장, 긴장에서 오는 지나친 예감, 근거 없는 예감에도 걷잡을 수 없는 불안과 공포에 사로잡히게 된다. 그런가 하면 확률이 거의 없음에도 기대를 품고 사형 집행만 면하기를 간절히 바라고 바란다.

이런 사람에게 '무기형'은 얼마나 좋은 것일까? 이제는 명대로 살 수 있다는 안도감 정도가 아닐 것이다. 사형에서 무기형으로 감형 받는 순간 당사자에게 일어나는 감격과 환희 등은 형언하기 어려울 것이다. 산다는 것은 이렇게 좋은 것이다. 만군의 여호와 하나님이 "모든 사람이 죄를 범하였으매"(로마서 3:23)라고 선언하시고, 그 죄의 삯은 사망이라고 하셨다(로마서 6:23). 이 사망은 둘째 사망, 곧 불못에 떨어져 거기서 항상 고통을 당하면서도 죽지 못하는 것을 말한다(요한계시록 20:14, 마가복음 9:48).

그리고 "하나님의 은사는 그리스도 예수 우리 주 안에 있는 영생이니라"고 확언하셨다(로마서 6:23). 그리스도와 연합되는 믿음에 이른 자는 사망에서 생명으로 옮겨졌다고 한다(요한복음 5:24). 하나님 앞에서 사형수였던 우리가 믿음으로 받은 은총이다.


또 한편으로 생각해 보면 무기수의 일상은 삶이라 할 수도 없는 것이다. 살기는 살았으나 교도소 안에서 평생을 보내야 한다. 남자라도 남자 노릇을 못한다. 자식이라도, 학자라도 그 역할을 하지 못하고 꿈이 있어도 펼쳐 보지 못한다. 얼마나 답답하고 안타까운 삶이 무기수의 삶인가? 의미 없이, 보람도 없이 타율에 의해 속박된 상태에서 하루하루를 사는 것, 이 얼마나 괴로운 삶이겠는가? '죽고 싶다'라는 소리가 나올 정도로 무료한 것이다.

자연인(natural man)에서 그리스도인이 되는 것은 사망에서 생명을 얻은 것이다. 생명은 성장하고 활동해야 한다. 그런데 그리스도인 중에서 사형에서 무기형 정도로 만족하고 그 수준에서만 살고 있는 사람들이 많다. 자유인이 되어야 한다. 살아 있는 정도가 아니라 가두고 억압하는 문을 박차고 나와 자유로워져야 한다. 죄와 그것의 형벌에서 해방되어 새 생명-우리가 소유한 그리스도의 생명-의 의지에 의해 삶을 풍성하게 창조해 나가야 한다. 그 비결은 오직 성령으로 충만함을 받는 것이다(에베소서 5:18).

바울 사도는 여기에 대하여 "너희도 너희 자신을 죄에 대하여는 죽은 자요 그리스도 예수 안에서 하나님께 대하여는 살아 있는 자로 여길지어다"(로마서 6:11) "오직 너희 자신을 죽은 자 가운데서 다시 살아난 자 같이 하나님께 드리며 너희 지체를 의의 무기로 하나님께 드리라"(로마서 6:13)고 했다.

"거룩함에 이르는 열매"(로마서 6:22)를 많이 맺어서 그리스도인으로서 삶을 풍성하게 해야 한다. 이런 자유인의 길이 우리에게 항상 열려 있다(고린도후서 6:2). 세상 염려로 무기수의 삶-육신에 속한 삶-을 살지 않도록 최선을 다해야겠다. 사형 집행장으로 가던 우리가 영원한 자유인의 길에 섰다. 다 함께 기뻐하며, 자원하며, 믿음을 지키며, 달려갈 길을 다 달리자.

# 간섭과 보호

보호는 좋게 받아들여지지만, 간섭은 누구나 싫어한다. 보호는 보호자보다 보호를 받는 사람을 위하는 돌봄이고, 간섭은 간섭받는 사람을 위하지 않고 간섭하는 자기를 위하는 것이기 때문이다.

그런데 간섭을 해 놓고 보호했다고 하는 경우가 생기는가 하면, 보호를 간섭으로 오해하는 사례도 흔하다. 전자의 예는 일본이 한반도를 식민지화할 때 써먹었고, 독재자들이 국민에게 하는 상투어이기도 하며, 그 외에도 허다한 예가 있다. 후자의 경우는 자녀들이 자라서 사춘기가 되었을 때 부모의 보호를 지나친 간섭으로 받아들이는 경우다. 그 외에도 깊은 애정으로 걱정스러워 돌본 것이 이해 부족 때문에 간섭으로 판단되어 거절이나 외면을 당하는 경우도 있다. 이상의 두 가지 모두 좋지 않은 것이다.

하나님은 창조자와 섭리자로서 모르시는 것이 없으며, 다 아실 뿐만 아니라 선하게 조성하시는 전능자이시다. 우리 하나님은 나무를 돌보신다. 나무의 가지, 가지의 순, 순의 눈까지 다 주장하신다. 우리들에 대해서도 감찰하시고 다 아신다. 머리털까지 다 세셨으며(마태복음 10:30), 생각을 통촉하시고, 나의 길을 아시고, 앉거나 일어섬과 나의 말하는 것까지 다 듣고 기억하시며, 나의 행하는 모든 것을 익히 아신다. 그리고 우리는 하나님을 피하여 살 수도 없다(시편 139:1~12).

하나님은 창조의 세계를 세밀하게 섭리하시며 끝까지 우리를 버리지 않으신다. 우리의 갈 길을 가르쳐 보이시고 주목하시며 훈계하신다(시편 32:8). 하나님의 이런 돌보심을 간섭으로 잘못 인식하는 사람들이 있다. 니체(Friedrich Nietzsche)가 그런 사람 중 하나다. 그는 "우리는 모든 인간을 노예로 만드는 신의 권위를 없애야 한다"라고 했다. 그래서 그에게 좋은 것이 하나도 없었다.

하나님은 우리 아버지시고 토기장이시다(이사야 64:8). 우리를 사랑하시고 못난 나를 훌륭한 내가 되게 하신다. 우리를 보배롭게 여기고 사랑하시며(이사야 43:4), 우리를 구원하시고 잠잠히 사랑하시며 기쁨을 이기지 못하신다(스바냐 3:17). 우리를 위한 것이면 무엇이나 아끼지 않으신다. 독생자까지 주시며 우리를 위해 그 아들이 당해야 하는 것이면 십자가의 죽음도, 우리를 대신한 모든 형벌과 지옥의 고통도 당하게 하셨다. 하나님의 생각은 우리에게 보배롭지 않은 것이 없다(시편 139:17).

하나님은 우리를 단순히 간섭하시는 분이 아니다. 우리를 보호하시는 하나님의 그 사랑을 알고 익히고 나누면서 더 많은 사람에게 전하며 살자. 서로 사랑하자. 사랑이 없으면 아무것도 아니다.

# 밀알의 죽음과 열매

예수님께서 제자들에게 말씀하시기를 "한 알의 밀이 땅에 떨어져 죽지 아니하면 한 알 그대로 있고 죽으면 많은 열매를 맺느니라"(요한복음 12:24)고 하셨다. 한 알 그대로 있는 것은 좋지 않다. 한 달란트를 그대로 가지고 있는 자는 주인에게 책망을 받는다. 한 알 그대로 있고자 하면 자기 생명을 스스로 구원코자 하는 사람처럼 잃어버리고 말 것이다. 한 알이 많은 열매로 발전하려면 반드시 죽어야 한다. 썩어서는 안 되고 죽어야 한다.

한 알의 밀에는 싹이 될 수 있는 것, 줄기와 잎이 될 수 있는 것, 많은 열매가 될 수 있는 것이 그 씨알의 눈 속에 있다. 그것을 제대로 이루기 위해 죽는 것이다. 희생하는 것이다. 거름이 되는 것이다.

그 죽음을 인하여 싹이 나고, 자라고, 열매를 맺는다. 예수님께서 또 말씀하시기를, "땅이 스스로 열매를 맺되 처음에는 싹이요 다음에는 이삭이요 그 다음에는 이삭에 충실한 곡식이라 열매가 익으면 곧 낫을 대나니 이는 추수 때가 이르렀음이라"(마가복음 4:28~29)고 하셨다.

오직 좋은 열매를 많이 맺기 위해 있는 힘을 다한다. 충실한 열매를 이루는 데 필요한 진액을 뿌리로부터 나르기에 필요한 만큼 자라고 그 자람을 통해 진액을 이삭에 공급한다. 충실한 이삭이 됐을 때는 힘을 다했기에 더 생명을 유지할 수 없어 잎도, 줄기도, 뿌리도 마르고 만다. 다시 한 번 죽은 것이다. 사명을 다하고 죽은 것이다. "다 이루었다" 하시고 죽으신 예수님을 생각케 한다. 최선을 다해 일하고 자기를 내세우지 않고 주인이 와서 추수하도록 맡기고 죽은 것이다. 열매에 대한 권리나 대가를 주장하지 않고 죽은 것이다.

열매를 위해 밀은 두 번 죽는다. 자기 속에 있는 미래의 모습인 많은 열매를 위해 죽고, 그 열매를 위해 힘을 다한 후에 자기 공로나 소유권이나 자랑함 없이 죽는다. 밀이 많은 열매를 맺고 바짝 마른 채로 깨끗이 죽어 있는 모습이 너무나 좋다.

그런데 우리의 삶 가운데 밀알의 첫 번째와 같은 죽음도 어렵지만, 두 번째와 같은 죽음은 더더욱 어려운 것 같다. 첫 번째 죽음을 잘 감당하고도 두 번째 죽음에 성공하지 못해 그리스도의 향기가 아닌 썩은 냄새를 내는 사람들도 많다.

성령과 말씀에 충만했던 바울 사도는 자기는 그리스도와 함께 죽고 이제는 그리스도가 그의 안에서 사신다고 했다(갈라디아서 2:20). 또 사도의 직을 은혜로 받고 다른 사도들보다 수고를 많이 했지만, 전혀 자기가 아니고 오직 자기와 함께하신 하나님의 은혜라고 했다(고린도전서 15:10). 우리는 그리스도를 영접해서 내 안에 사시게 하면서 죽고, 또 그리스도를 위해 일하고, 무익한 종으로 죽어 있어야 한다. 이런 사람이 참으로 귀하다.

# 돈·언어·예수

물건을 사고파는 데 꼭 필요한 것이 돈이다. 돈이 오고 감으로써 물건이 팔리기도 하고 사가기도 한다. 돈의 중매 역할을 통해 물건은 필요한 사람에게 가서 쓰인다. 돈에 의해 경제활동이 활기를 띤다. 즉 돈에 의해 물건의 교환 활동과 쓰임새가 높아져 경제생활은 증진된다.

그런가 하면 언어는 사람의 사상, 감정, 의지를 나타내고, 서로 교제하게 만든다. 언어가 나와 너 사이에 오고 감으로-대화함으로- 마음을 주고받게 되고, 이해도를 증진시키고, 공통의 영역을 확대·교류하여 사랑, 우정, 지식, 경험 등을 풍성하게 하는 인간관계를 진보시킨다-

이와 반대 현상을 일으키는 경우도 있지만-.

그런데 사도 요한은 예수 그리스도를 "말씀"이라고 지칭하면서(요한복음 1:1) "본래 하나님을 본 사람이 없으되 아버지 품 속에 있는 독생하신 하나님이 나타내셨느니라"(요한복음 1:18)고 했다. 예수님이 친히 "내가 아버지 안에 거하고 아버지는 내 안에 계신 것"(요한복음 14:10)이라 하셨고, "나를 본 자는 아버지를 보았거늘"(요한복음 14:9)이라고도 하셨다. 이처럼 예수님은 하나님의 모든 것을 계시하시는 하나님의 말씀-언어-이시다(히브리서 4:12).

이 "말씀"은 태초에 하나님과 함께 계셨고(요한복음 1:1), 또 이 "말씀"은 육신이 되어 우리 가운데 거하셨다가(요한복음 1:14) 우리 죄를 위하여 죽으시고 우리의 의를 위하여 다시 살아나셔서(로마서 4:25) 하나님 우편에 오르셨다. 지금은 성령을 우리에게 보내셔서 우리가 하나님 안에, 하나님이 우리 안에 계시면서 교제의 풍성을 우리에게 허락하셨다. 하나님의 사랑에서 아무도 우리를 끊어 놓을 수 없게 하신 것이다.

우리는 예수님을 통해서 하나님의 은총을 받으며, 예수님의 이름으로 하나님께 기도한다. 그러므로 예수님은 하나님과 우리 사이의 언어-중보자-이시다. 그리스도로 말미암아 신인(神人) 사이에 대화가 이루어진 것이다. 이 "말씀"을 통해서 담이 무너지고, 사는 길이 열렸고, 우리가 하나님의 자녀라는 자리까지 나아가며(요한복음 1:12), 그의 충만한 데서 은혜 위에 은혜를 받는다(요한복음 1:16).

돈은 물건의 언어다. 언어는 마음의 돈이다. 예수 그리스도는 하나님과 인간 사이의 돈이시며 언어시다. 죄와 거룩, 저주와 복, 지옥과 하나님 나라, 사망과 영생, 심판과 상급을 거래시킨 돈 중의 돈이시다. 창조자와 피조자, 주인과 종, 하늘의 하나님과 땅의 인간으로 대화를 이루시는 언어 중의 언어시다.

돈 중의 돈, 언어 중의 언어이신 예수 그리스도를 소유하자. 그리하면 모든 것을 소유하는 승리자와 부자가 될 것이다. "근심하는 자 같으나 항상 기뻐하고 가난한 자 같으나 많은 사람을 부요하게 하고 아무 것도 없는 자 같으나 모든 것을 가진 자로다"(고린도후서 6:10) 이것은 그리스도를 소유했던 비울의 진실된 고백이 아닌가?

# 고집·신념·신앙

고집, 신념, 신앙. 이 세 단어가 가지는 개념은 동일시할 수 없지만, 그렇다고 뚜렷이 구별하기도 힘들다. 그러나 이해해 두면 우리네의 삶에 도움이 될 것이다.

고집은 자기 견해나 이익에 집착한 것이고, 신념은 이치에 성실한 것이며, 신앙은 하나님의 견해에 일치하려는 것이다. 고집은 과거에 얽매이는 것이고, 신념은 미래에 충실한 것이며, 신앙은 영원에 확신을 가지는 것이다.

일반적으로 신앙이나 신념은 좋아하지만, 고집은 좋아하지 않는다. 그리고 신앙이나 신념이 고집으로 오해되어 여러 사람에게 배척받기도 하고, 고집이 신념으로 보여 칭찬받는 경우도 있다. 전자의 경우도, 후자의 경우도 있어서는 안 된다.

자기 의견을 굳게 내세워 우기는 사람을 보면 완고하다. 너무 이기적이고 흑백논리가 강하다. 변명이 많다. 견문이 좁다. 친화력이 적다. 일관성과 설득력이 없다. 교만하다. 권위주의적이다. 체면과 이익에 지배되고 있다. 진실하고 용기 있는 사람은 잃고 아첨꾼들만 그에게 남는다는 인상을 준다. 지위가 높은 사람일수록 고집이 세면 이런 특징이 더욱 뚜렷하다.

신념 있는 사람을 보면 긍지가 있고 노력하고 있으며, 이치에 충실하다. 여론이나 다른 사람의 의견에 귀를 열고 있으면서도 부화뇌동하지 않는다. 일의 결과나 미래에 더욱 충실하다. 장애나 약점을 이겨내는 힘이 강하다. 처음에는 불신을 당해도 시간이 갈수록 신임을 받고 설득력을 갖는다. 긍정적인 요소를 풍성히 가지고 있다. 신념을 강하게 가진다는 것은 지식이나 기술이나 힘을 많이 소유함보다 중요하다. 그러나 자기 판단력에서 시작되고 자기 의지로 추진해 간다는 면에서는 고집과 관련된다. 차원 높은 고집인 것이다. 불완전한 인간에 기초하기 때문에 역시 불완전하다 할 수밖에 없다.

신앙인은 하나님에게 설복된 사람이다. 하나님 중심이고 하나님께 소유된 사람이다. 자기를 주장하지 않는다. 하나님으로부터 출발하고 하나님과 함께 걷고 하나님께로 돌아오는 사람이다. 하나님의 판단과 의지와 신념 안에 존재하며, 그것의 표현으로서 삶을 살아낸다. 자기의 고집스러움이나 신념도 하나님의 것으로 승화시켜 버린 사람이 신앙인이다. 이렇게 될 때 이전의 약함과 미련함이 이제는 강함과 지혜로움이 되며, 이전의 무익함은 유익함이 된다(고린도전서 1:27, 빌레몬서 1:11). 모세나 바울이나 오네시모 같은 사람이 그러했다. 즉 신앙은 가장 이상적이고 완전한 신념이라고 할 수 있겠다.

무엇보다 신앙은 하나님의 선하심과 승리하심을 알게 하며 감사케 한다. 그러므로 고집스러움은 신념으로, 신념은 신앙으로 소화시켜서 후회함이 없도록 해야 한다.

"주께서 심지가 견고한 자를 평강하고 평강하도록 지키시리니 이는 그가 주를 신뢰함이니이다" (이사야 26:3)

# 구걸과 기도

완전한 사람도 없고 필요한 모든 것을 완전히 갖추고 사는 사람도 없다. 이런 사실은 남의 도움 없이 살 수 있는 사람은 없음을 보여 준다. 사람은 누구나 서로 관계하면서 살아야 하고, 돕고 도움을 받으며 살아야 한다. 교인들 가정을 돌아보면서 심방이 필요 없는 집은 하나도 없다는 사실을 깨닫게 된다. 그리고 어떤 것으로든 도움을 전혀 줄 수 없는 사람도 없다는 것도 알게 된다. 물질로든, 힘으로든, 말로든 도울 수 있는 게 분명 있다. 좋은 경험이나 지혜로운 말로 경우에 맞게 한다면 큰 위로와 용기를 얻는 데 도움이 된다.

그런데 주고받음이 돈을 주고 사고파는 것처럼 단순하지 않고 물물 교환처럼 도움을 만나기가 어려운 경우도 있다. 오해나 슬픔의 문제가 그렇다. 돈 많은 친구만 모여들어서는 도움이 되질 않고, 그렇다고 정으로만 해결되지도 않는다. 줄 것은 없고 받기만 해야 하는 형편일 수도 있다. 이럴 때는 구걸(求乞)을 해야 한다.

돈이 없어 돈 있는 사람을 찾아가면 돈 구걸, 힘이 없어 힘 있는 사람을 찾아가면 힘 구걸, 외로워서 억지로 친구가 되어 달라고 하면 정 구걸이 된다. 이처럼 어려울 때 사람을 찾아가서 도움을 청하는 것이 구걸이다. 도움을 청할 아무 자격도 없으면서 도와달라는 것은 동냥(動鈴)이다. 아무런 보상도 약속할 수 없으면서 달라고 하는 사람이 걸인, 곧 거지다.

거지처럼 되어 하나님을 찾아가서 구걸하는 것이 기도(祈禱)다. 사람들은 애걸하는 거지를 멸시하고 천대한다. 그러나 하나님은 자기에게 기도하는 성도를 무시하지 않으신다. 애걸복걸하는 죄인을 잃었다가 다시 찾은 아들처럼 기뻐하고 사랑하시며, 좋은 상황과 좋은 것들을 아끼지 않고 주신다.

구걸하여 받은 것은 아무리 좋은 것이라도 그 사람의 명예가 되지 않는다. 구걸은 할수록 이름도 생활도 비참해진다. 그러나 하나님께 기도하여 응답받는 것은 우리를 자랑스럽게 한다. 솔로몬은 하나님께 구걸하여 천하에서 제일가는 지혜를 얻었다. 딸이 흉악하게 귀신 들렸던 가나안 여인은 주님께 애걸복걸하여 소원대로 그의 딸이 고침을 받았다. 소경 바디매오는 구걸하는 자리에서 일어나 거지 옷을 벗어 버리고 주님께로 달려가 기도의 사람이 되어 밝히 보게 되었다. 그런 사람이 얼마나 많은가? 그들이 다 얼마나 존귀하게 보이는가?

사람을 찾아가서 구걸해 얻으려면 자존심을 꺾고 사정하기를 얼마나 해야 하는가? 또 얼마나 많은 사람에게 매달려야 하며, 얼마나 많은 날을 그렇게 지내는가 생각해 보라. 구걸하는 거지의 정신과 노력으로 하나님 앞에 엎드린다면 얼마나 풍성해지고 고상해지겠는가 생각해 보라.

그런데도 우리는 왜 하나님보다 사람을 더 보려고 할까? 기도하자는 권면을 부담스럽게 생각할까? 우리는 기도하는 일에 게을러지고 있다. 기도, 그것이 얼마나 위대한 것인데 말이다. 우리를 구원하신 하나님은 "네 입을 크게 열라 내가 채우리라"(시편 81:10)고 하시며 우리로 기도하기를 촉구하시고 계신다.

# 바울의 얼굴

　바울은 그리스도를 자신의 주님으로 알게 되면서부터 그때까지 자랑스럽게 여기던 자기의 이력서를 찢었다. 자신을 위해 죽기까지 하신 주님을 위해 날마다 촛불이 되어 자기의 불에 그것을 태워 버렸다. 그러면서 부당하게 고난을 받았고, 선을 행함으로 환난을 겪었다.

　가면 적이 있었고, 열면 담이었다. 우겨싸이고, 매로 맞고, 돌로 맞고, 갇히고, 눌리고, 거꾸러뜨림을 당하고, 자지 못하고, 주리고, 목마르고, 춥고, 헐벗고, 수고하고, 애쓰는 등 이런 세월이 거의 사십 년이나 계속되었다. 나는 그 세월이 만든 바울의 얼굴을 생각해 본다. 자신을 깨는 아픔의 세월을 느낄 수 있는 얼굴이었을 것이다.

가루 서 말처럼 부서진 그에게 주님이신 그리스도는 누룩처럼 역사하셨다. 그가 당한 고난의 깊이와 그가 바라본 그리스도의 높이가 서로 껴안았다. 황혼에 새벽이 깨어 있고, 죽을 육체에 그리스도의 생명이, 약함에 강함이, 환난에 위로가, 근심에 기쁨이, 잃음엔 얻음이, 낡음엔 새로움이 나타나고, 솟고, 물들고, 넘쳤다. 그에게는 이 같은 세월이 그 사십 년 가운데 흘러들었다.

다시 그의 얼굴을 생각해 본다. 소금으로 죽고 빛으로 일어나는 모습일 것이다. 염려와 평강, 고통과 기쁨, 절망과 희망, 슬픔과 위로 등이 만드는 공간을 공명하여 나오는 목소리 같은 것, 오랜 기다림 끝에 만난 사람들의 얼굴 같은 것이다. 백발 노사도의 얼굴은 죽음의 마라톤에서 생명의 면류관을 받은 일등의 얼굴 같았을 것이다.

기쁨이 없는 고난의 얼굴은 너무 어둡고 무거워서 좋지 않다. 고난이 없는 기쁨의 얼굴은 더욱 추해 보인다. 이런 생각을 하면서 거울 앞에 앉아 본다. 고난이나 기쁨이 아닌 욕심으로 꽉 찬 나의 얼굴을 대할 때면 아침마다 세수하면서 나는 무엇을 씻었나 싶어 우울해진다.

# 삭개오의 고백

집도 크고, 창고도 크고, 자리도 커서 나는 내가 큰 사람인 줄 알았다. 내가 오늘처럼 되기 위해 세리가 되었다고 나를 비웃고 상종도 않던 바리새인들도 오래전부터 대접받기를 좋아했다. 출세를 위해서는 인간애나 민족애 같은 것에 붙들려서는 안 된다. 남의 비난 같은 것에는 귀를 막고 오직 출세 외길로 나서야 한다고 부추긴 로마 사회에서는 인간에 대한 대소 개념이 그렇게 뿌리내려 있었다.

보라. 정치가도, 학자도, 교육자도, 예술인도, 종교인까지도 모두 큰 집, 큰 창고, 큰 자리에 수단과 방법을 가리지 않고 집착하지 않는가? 그래서 나는 방도 넉넉하고,

재정도 넉넉하고, 수완도 남보다 항상 넉넉하여 그저 내가 넉넉한 줄로만 알았다.

그런데 말이다. 그런데 말씀이다. 머리 둘 곳도 없으신 예수 그리스도, 그분의 크심과 넉넉하심의 소식이 바람으로 왔다. 빛으로 왔다. 여호수아 무리의 함성처럼 내게로 왔다. 그리고 나의 허상은 모래성처럼, 여리고성처럼 무너지고 바디매오처럼 그분을 찾아 나섰다.

꺼져가는 등불을 보시듯 뽕나무 위의 나를 보신 그분이 작은 키보다 더 못난 내게로 오셨다. 그리고 내 이름을 부르실 때 나의 등불은 치솟고 나의 마른 시내에는 강물이 흘렀다. 세리장인 나를 부끄럽게 여기지 않으시고 그분이 내 집에 오셨을 때 나의 해는 중천에 이르렀다. 그리고 치료하는 광선이 온 집에 가득하여 나의 생명은 외양간에서 나온 송아지처럼 뛰었다.

비로소 나는 넉넉함이 무엇인지 깨달았고, 아브라함의 자손, 그 자손의 소리를 그분께 할 수 있었다.

"주여 보시옵소서 내 소유의 절반을 가난한 자들에게 주겠사오며 만일 누구의 것을 속여 빼앗은 일이 있으면 네 갑절이나 갚겠나이다"(누가복음 19:8)

# 시내산 등반

시내산은 모세가 애굽에서 이스라엘 백성들을 인도하던 중 시내 광야에서 여호와 하나님으로부터 부름을 받고 오른 산이다. 시나이반도(Sinai Peninsula) 중앙부에 있으며, 사막 가운데 많은 산을 거느리고 높이 솟아 있다. 약 2,290미터의 이 산은 큰 바위와 돌로만 서 있었다. 흙이 없었다. 풀이나 나무가 있을 리 없었다. 돌들은 낮의 해로 인해 벌겋게 달구어졌다. 반대로 밤에는 차가워졌다. 정상에서는 바람과 함께 밤의 추위가 대단했다.

우리는 이러한 일기 관계를 감안해 새벽 두 시에 산정(山頂)을 향해 출발했다. 산 중턱에 있는 생트카트린수도

원(Saint Catherine's Monastery) 입구까지는 호텔에서 차로 이동했고, 이후부터는 걷기 시작했다. 모세가 올랐고, 그래서 성지로 여기는 수많은 순례자와 고행자들이 올랐던 바로 그 산이다. 그 길을 나도 오른다는 마음으로 돌길을 밟았다. 내 힘으론 오를 수 없을 만큼 험한 곳을 미리 다듬어 놓은 그 길을 따라 희미한 달빛으로 확인하면서 모세의 그 날을 생각했다.

우리가 차로 온 길도 그는 걸어서 올랐다. 제대로 된 차림이나 장비가 있었을까? 시내산의 무게가 가슴으로 느껴왔다. 예상한 대로 정상에는 바람이 심하게 불고 매우 추웠다. 우리 일행은 함께 모여 앉아 이곳에서 사십일을 금식하며 기도하고 하나님으로부터 십계명을 받은 모세를 생각하며 예배를 드렸다. 앉음새나 모양새는 그렇지 못해도 모두가 매우 엄숙했다. 이때의 감회를 다음과 같이 적어 보았다.

시내산은, 시내산은 돌이 되는 산이다.
흙을 버린 산이다. 꽃을 버린 산이다.
먹고 마시는 것을 버리는 산이다.

그렇게 돌이 되는 산이다.


시내산은, 시내산은 높은 산이다.

하늘만 바라보는 산이다.

한 계단, 한 계단. 둘은 안 되고,

촛불 하나만 켜고 오를 수 있는 산이다.

칠천 계단을 오르는 산이다.

순교의 자리로 오르는 산이다.


시내산은, 시내산은 큰 산이다.

키 작은 산들, 실패의 모든 산들을 내려다보는 산이다.

물도 없이, 그늘도 없이, 불도 없이

사십 일을 기도하는 산이다.

다 버리고 다 얻는 큰 산이다.

크게 죽고 크게 사는 큰 산이다.

돋는 해가 싸안는 커다란 산이다.

땅의 것을 버리고 하늘을 얻는 산이다.

시내산 정상에서 예배 사회자는 설교에 이어 통성기도를 시켰다. 나는 울었다. 여기서 금식하며 기도하던 모세를 생각하며, 므리바의 물 사건을 생각하며, 느보산을 생각하며 울었다. 이 산에서 사십 일을 하나님과만 함께 할 수 있었던 모세도 하나님의 거룩에 위배되는 혈기가 남아 있어 그렇게도 원하던 가나안에 들어가지 못하고 천국으로 갈 수밖에 없었다.

목회를 제대로 한다는 것이 얼마나 어려운 것인지 실감하고 나를 아는 나는 울지 않을 수 없었다. 장엄하기만 한 해돋이를 보면서 산을 보았다기보다 나 자신을 보며 조심조심 내려왔다.

# 이상한 감옥

죄를 지은 사람을 재판해 죄에 대한 벌을 정하고, 선량한 사람에게서 격리시켜 벌을 주는 곳을 옛날에는 감옥(監獄)이라 했다. 그러다가 형무소(刑務所)라고 부르다가 지금에 와서는 교도소(矯導所)라고 일컫는다. 벌을 준다는 것을 강조하기보다 가르치고 선도한다는 이미지를 부각시킨 이름이다. 감옥이나 형무소라는 말보다는 교도소라는 명칭이 더 부드러운 것 같기도 하다. 그러나 어떻게 부르든 간에 그곳은 갇혀 있는 곳이다. 거기에는 자유가 없다. 자유가 전혀 없는 것은 아니지만, 제한을 많이 받아야 한다.

죄를 지었다. 재판을 받았다. 형을 치러야 한다. 사방으로 벽이 있다. 간수가 있다. 규칙이 있다. 극히 제한된 지역 내에서 제한된 행동만 해야 한다. 가두는 것으로 꽉 차 있다. 감옥이 그런가 하면 감옥 밖에 사는 우리 일상에도 이와 닮은 꼴의 갇히게 하는 것들이 있다. 지금 내가 여기에 있다는 것 자체가 나를 가두는 것이다.

살아 있으면서 살아야겠다는 결의가 생기면 그것이 그의 행동을 제한한다. 신앙생활을 해야겠다, 그리스도인으로 살아야겠다, 잘 살아야겠다, 성공해야겠다고 마음먹으면 꼭 해야 하는 일이 있고 해서는 안 되는 일이 있게 마련이다. 꼭 만나야 하는 사람이 있고 만나서는 안 되는 사람이 있게 된다. 꼭 가야 하는 곳이 있고 가서는 안 되는 곳이 있게 마련이다.

내가 누구를 만나고, 사귀고, 관계를 갖는 경우도 그렇다. 부모가 있거나 남편이나 아내가 있다는 사실로도 그렇다. 자식이 있다, 형제가 있다, 친구가 있다, 동역자가 있다, 돌아보아야 할 사람이 있다, 직책이 있다 할 때 그로 말미암아 내게 주어지는 의무가 나의 삶을 제한한다.

우리는 자신이 누구를 사랑하거나 미워한다고 할 때도 그것 때문에 얽매이게 된다. 미워하는 것 때문에 얽매이는 사람의 마음에는 분노로 가득해지고, 사랑하는 것 때문에 얽매이는 사람에게는 자원하는 마음과 즐거움과 평화와 소망 등 자유함으로 충만해진다.

사랑은 자유케 하는 감옥이다. 이상한 감옥이다. 모든 것에서 초월하시고 자유하셨던 하나님의 아들이 범죄한 우리를 사랑하셔서 십자가에 갇히셨다가 부활로 다시 자유케 되셨다. 우리가 주님을 믿고 사랑하면 이 주님 안에 갇히게 된다. 믿음에 갇힌다. 십자가에 갇힌다. 부활에 갇힌다. 순종의 종이 된다. 말씀에 갇힌다. 교회에 갇힌다. 기도에 갇힌다. 찬송에 갇힌다. 전도에 갇힌다. 사랑에 갇힌다. 감사에 갇힌다. 은혜에 갇힌다. 사명에 갇힌다. 지혜와 능력에 갇힌다. 승리에 갇히게 된다.

바울은 주님의 복음 때문에 갇혔던 그리스도의 사람이다. 가장 깊이, 가장 강하게 갇혔다. 그러나 가장 용감했고, 기뻐했고, 자유로웠다. 그는 갇힘 속에서 원하는 일을 충분히 해낸 인물이었다. 불완전한 지유를 그리스도를 위해 포기하고, 그에게 갇혀서 가장 자유로운 자가 되었다.

그리스도는 자유케 하는 감옥이다. 이상한 감옥이다.

# 티끌과 모래와 별

하나님이 아브라함에게 복을 주시기를, 네 자손이 땅의 티끌과 같게, 하늘의 별과 같게, 바닷가의 모래와 같게 할 것이라 하셨다(창세기 13:16; 15:5; 22:17). 아브라함, 그의 혈육의 자손은 이스라엘 백성이고 영적 후손은 교회 성도들이다(로마서 4:12, 16). 그러므로 하나님이 말씀하신 티끌과 모래와 별의 이야기는 우리를 두고 하신 것이다.

티끌은 쓸모없는 것이고, 더러운 것이고, 해로운 것이고, 청소의 대상이고, 불태워 버려야 할 것이고, 소망이 없는 것이다. 아브라함의 자손들이 육적으로나 영적으로 많아질 것은 분명했다. 그러나 티끌과 같다는 것은 그들도 원래는 아담에 속한 자들, 곧 죄인들이고 심판을 받아야 하는 진노의 자녀들이다. 아브라함 자신도 그렇다. 우리도 그런 데서 구원받았다. 지금도 하나님의 은혜가 아니면 티끌일 뿐이다. 이제라도 하나님이 "네 영혼을 도로 찾으리니" 하시면 건강도 소유도 다 티끌에 불과하다. 겸손해야 하고 감사해야 한다.

모래는 원래부터 모래인 것도 있지만, 그렇지 않은 것이 대부분이다. 바위이던 것이 부딪치고 깨어지고 또 깨어져서 마지막에 모래가 된 것이다. 이런 뜻을 잘 담고 있는 모래 사(砂) 자는 돌 석(石) 자 변에 적을 소(少)를 합한 글자다. 그리고 거칠고 모난 것이 다듬어지고 계속 다듬어지다가 더 다듬어질 것 없는 최후의 것 또한 모래다. 어떤 것은 높은 산에서 출발하여 낮아지고 낮아지다가 제일 낮은 자리인 바닷가의 모래가 되었다. 작아진 것, 다듬어진 것, 낮아진 것, 부드러워진 것, 깨끗해진 것이 모래다. 그리스도인의 성숙이 이런 것이 아니겠는가?

해변의 모래사장, 누구든지 와서 바다와 같은 하나님의 은혜를 즐길 수 있는 곳이 하나님의 교회다. 예배만이 아니라 회의에서도 이러해야 할 것이다. 이런 모습이 교회 부흥의 힘이 된다.

밤하늘의 별을 보고 우리의 애국시인 윤동주는 「별 헤는 밤」에서 "어머님, 나는 별 하나에 아름다운 말 한마디씩 불러 봅니다"라고 했다. 이처럼 사람들은 누구나 별을 보면서 아름다운 것을 생각하게 된다. 그래서 별은 희망, 순수, 지조, 도달하고 싶은 이상, 그리고 영원한 행복을 상징한다. 자기 분야에서 두각을 나타내는 사람을 두고 떠오르는 별이라고 말한다. 특히 스포츠나 연예와 같은 분야에서 뛰어난 활동을 하거나 인기가 높은 사람을 스타(star)라고 한다.

별은 세상을 초월해 있으면서 세상을 이끈다. 하나님은 다니엘에게 말씀하시는 가운데 "지혜 있는 자는 궁창의 빛과 같이 빛날 것이요 많은 사람을 옳은 데로 돌아오게 한 자는 별과 같이 영원토록 빛나리라"(다니엘 12:3)고 하셨다. 별과 같이 되는 것은 복 중의 복을 받는 것이다. 하나님은 티끌 같은 우리를 구원하시고 보배롭고 존귀하게 여기시고 기뻐하신다. 천은보다 귀한 은혜를 주셔서 별이 되게 하신다. 그리고 그 위에 "네 자손이 이와 같으리라"고 하신다.

믿음으로 아브라함의 자손이 된 우리는 티끌이던 것을 생각하면서 모래가 되자. 별이 될 것을 보면서 모래가 되자. 모래가 되어야 은혜를 받는다. 모래가 되어야 하나님이 쓰신다. 모래가 되어야 더욱 크게 비취는 빛이 될 수 있다. 교회가 이렇게 되어야 대적의 문을 얻을 수 있고 천하 만민으로 복을 얻게 할 수 있다.

하나님이 아브라함의 자손이 땅의 티끌과 같이, 해변의 모래와 같이, 밤하늘의 별과 같이 많게 하겠다 약속하시면서 "네 씨가 그 대적의 성문을 차지하리라"(창세기 22:17) "네 씨로 말미암아 천하 만민이 복을 받으리니"(창세기 22:18)라고 하셨다. 이것이 숫자 이야기만이 아닌 것은 확실하다.

떠올리면 따뜻해지는 사람, 김영도 목사의 삶과 글

# 별이 쏘는 화살

초판 1쇄 인쇄 2026년 2월 10일
초판 1쇄 발행 2026년 2월 20일

지은이 김영도

펴낸이 조현철
펴낸곳 카리스
출판등록 2010년 10월 29일 제406-2010-000097호
주소 경기도 파주시 청석로 300, 924-401
전화 031-943-9754 팩스 031-945-9754
전자우편 karisbook@naver.com
총판 비전북 (031-907-3927)

ISBN 979-11-86694-21-3   03810

값 19,000원

© 김영도, 2026